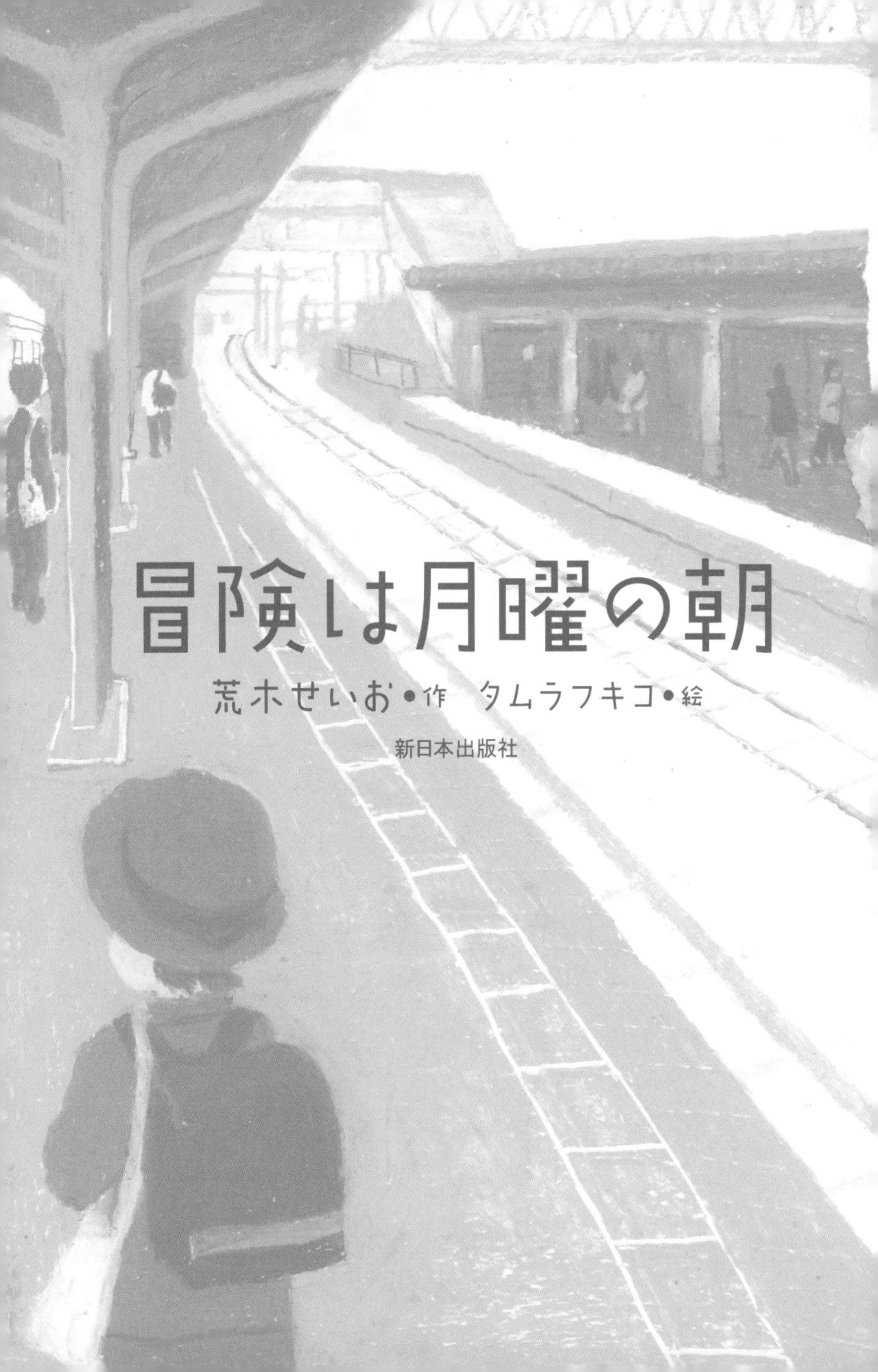

冒険は月曜の朝

荒木せいお•作　タムラフキコ•絵

新日本出版社

冒険《ぼうけん》は月曜の朝／目次

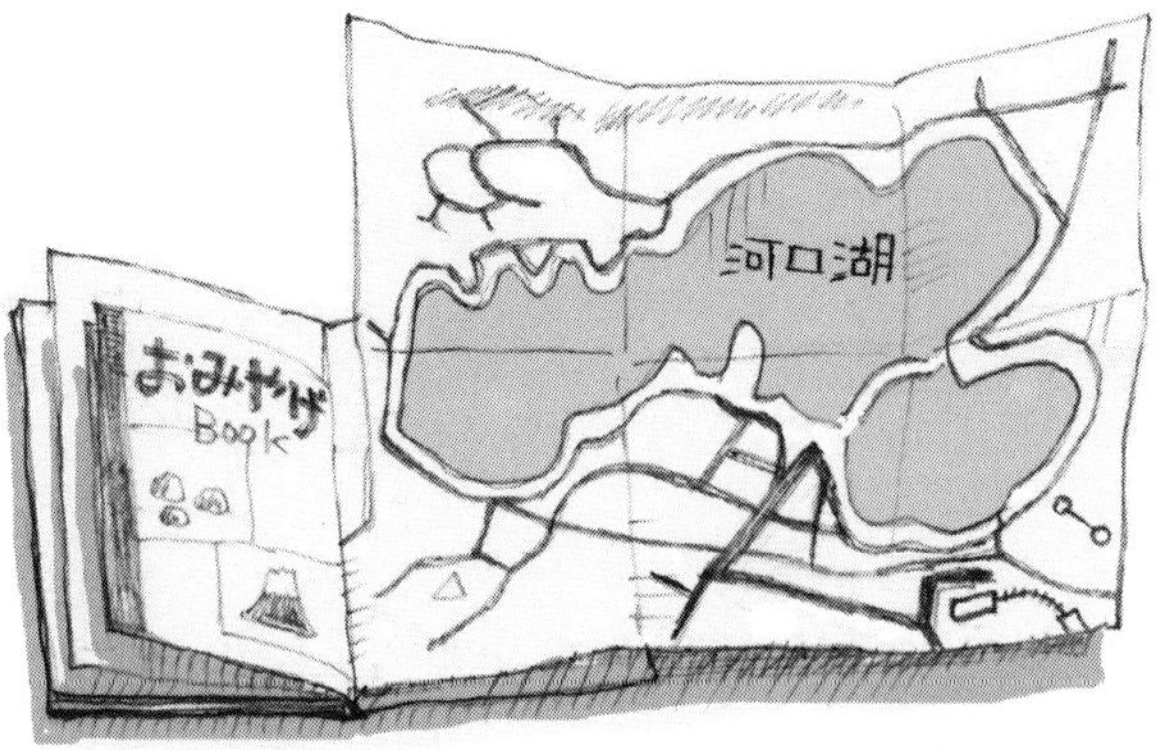
おみやげ
Book
河口湖

アラゴナイト

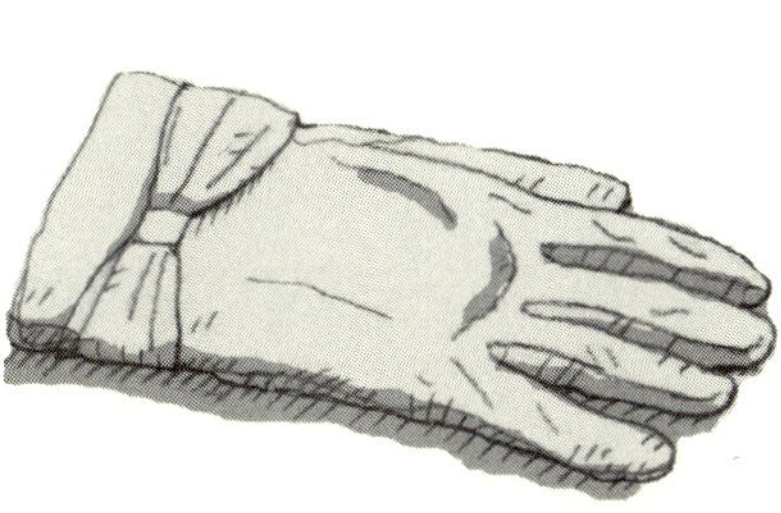

1——あやしい関係

月曜の朝、七時すぎ。

いつもなら、朝ご飯も終わり、歯磨《はみが》きもすませ、あとは同じクラスの安《あん》ちゃんが迎《むか》えに来るのをテレビを見ながらひとりで待っている。

父さんも母さんも六時半には家を出ているからだ。

けれど、今日、十一月二十日は、高尾駅《たかおえき》発小淵沢《こぶちさわ》行きの列車に乗っている。

しかも、あたしの目の前には賛晴《さんせい》がいる。

賛晴は、同じクラスの男子で、石橋《いしばし》賛晴という。友だちも先生も賛晴と呼《よ》ぶが、そのときのイントネーションは、賛成《さんせい》、反対のときのサンセイではなく、ルパン三世のサンセイである。

その賛晴《さんせい》は、今日一日、兄妹《きょうだい》のふりをした方がいいというあたしの提案《ていあん》を必死に拒《こば》んでいるのだった。

「なんで、兄妹のふりする必要があるのさ?」

「兄妹じゃなかったら、あたしと賛晴は、どういう関係になるのよ?」と、あたしが言う。賛晴は、ちょっとぽわんとした性格《せいかく》で、いまも、あたしの言った意味が分かっていないようだった。だから言葉をつけ足した。

「だってさ、あたしと賛晴が、兄妹じゃなかったら、友だちということになるでしょ」

「そうだよ、おれと山谷《やまや》は、友だちだろ」

賛晴は、あたりまえじゃないか、という顔をして答えている。

「でもさ、平日の月曜日の朝に、六年生の男女が二人で河口湖《かわぐちこ》をめざしているのって、おかしいでしょ」

「そうかな? だって、山谷はこれから河口湖のおばさんのところに行くんだろ。だけど、電車の乗り方が分からないからおれがついて来ているんじゃないか」

「だって、ふつうだったら、親と一緒《いっしょ》に行くところでしょ。それなのに、子どもだけで、それも男女で行くっていうのは、ちょっとあやしい関係ってことになると思うよ。あやしい関係になりたい?」

賛晴《さんせい》は、ちょっとひきつったような顔で首を激《はげ》しく振《ふ》った。

「だから、あたしたちは兄妹《きょうだい》でおばさんのところに行くという設定《せってい》にしよう、と言っているの」

賛晴は、まだ納得《なっとく》していないようだったが、無視《むし》してつづけた。

「これからは、あたしのこと、山谷《やまや》っていうのは禁止《きんし》よ。妹に向かって山谷はないでしょ」

「じゃあ、なんて呼《よ》ぶのさ?」

「風花《ふうか》に決まってるじゃない」

「ええっ!」

「あたしは、お兄ちゃんって呼ぶから」

「ええっ!」

ええっ! と言うたびに、賛晴は、シートから飛び上がるようにして体をのけぞらせていた。あたしを笑わそうと思ってやっているのか、本当に驚《おどろ》いているのかよく分からなかった。

「そんなにびっくりすることないよ。ただのお芝居《しばい》なんだから。ちょっと練習するよ」

横に置いたリュックサックの中からチョコの箱を取り出し、向かい側に座《すわ》っている賛晴《さんせい》に言った。

「お兄ちゃん、チョコ、食べる?」

ただのお芝居と言ったくせに、実際《じっさい》にやってみると、お兄ちゃんと呼《よ》ぶのは、ものすごく照れくさいもので、ちょっと緊張《きんちょう》した声になってしまった。お兄ちゃんと呼ばれた賛晴も、なんだか表情《ひょうじょう》がこわばっている。

「ありがと」

そう言って賛晴は、チョコをとろうとしたが、あたしは、手を引っ込《こ》めてチョコを渡《わた》さなかった。

「名前を呼んで」

小さい声でそう伝えた。

賛晴《さんせい》はいやそうな顔をしたけど、あきらめたように、「風花《ふうか》、ありがとう」と、言った。

賛晴の顔は真っ赤になっていた。

「あのさ、なんで、そんなにおばさんのところに行きたいの？　行って、そこで何するの？」

「なんでかと言うとね、おばさんはあたしの恩人《おんじん》で、おばさんのおかげで今のあたしがあるって言ってもいいくらいなの」

「もしかして、山谷《やまや》の本当のお母さんってこと？」

賛晴は、ぽわんとした表情《ひょうじょう》でとんでもないことを言い出す。

「ちがうよ。お母さんがわりのところはたしかにあったけど……。でも、とにかく、大恩人のおばさんが、いま、すごくピンチなの。せめて、あたしが行って、元気づけてあげたいの」

「よく分かんないけど、まあ、いいや」

「そうだよね、分かんないよね。あとでもっと詳《くわ》しく話すから、あたしんところの家庭の事情《じじょう》は……」

「いいよ。聞きたくない。家庭の事情《じじょう》なんて、きっとめんどうな話だろ」

ぽわんとしていた賛晴《さんせい》が、ほんの一瞬《いっしゅん》、暗い表情を見せた。いつもと違《ちが》って、ちょっとりりしいなんて思ってしまった。


この列車は、七時二十七分発だ。

もう、そろそろ発車の時刻《じこく》だけど、都心から離《はな》れているからなのか、車内はがらがらにすいている。サラリーマン風のおじさんが二人と高校生の男女が五人、男子と女子のグループに分かれて座《すわ》っているだけだった。

この列車に乗ってあたしたちは河口湖《かわぐちこ》へ行く。河口湖には、おばあちゃんがいて、そこにおばさんも一緒《いっしょ》に暮《く》らしている。

なんで月曜なのに学校に行かないで列車に乗って河口湖に行くことができるのかというと、一昨日の土曜日に音楽会があり、それで、今日、月曜日が振《ふ》り替《か》え休日となったからだ。そして、どうして、親と一緒ではないかというと、あたしにはよく理解《りかい》できない大人の都合《つごう》があるからだ。さらに、あたしのおばさんのところに行くのに、どうして賛晴がいるのかというと、それも、かなり込《こ》み入った長い話になる。

そもそものきっかけは、一週間ほど前、あたしの親友の安《あん》ちゃんと片岡《かたおか》というサッカー男子とのけんかである。

そのけんかは、音楽会がもう間近なのに、スネアドラムを担当《たんとう》している片岡はリズムが全く取れていないから、ちゃんと練習してくれと安ちゃんが言ったことがきっかけだった。それに対して、片岡が、安ちゃんにいばりすぎだと言い、そばにいたサッカー軍団《ぐんだん》が、片岡に加勢《かせい》した。あたしは安ちゃんに加勢し、さらに、それを見ていた周りの大勢《おおぜい》が、おもしろ半分にけんかに加わったため、男子対女子の対立に発展《はってん》してしまった。

たしかに、「よく、そんなリズム感でサッカーできるわね」と嫌《いや》みたっぷりな言い方をした安ちゃんもいけなかったかもしれないが、片岡のスネアドラムのリズム感のなさには、クラスの、いや学年のほとんどがひどいと思っていたはずだ。

「剣《つるぎ》の舞《まい》」を演奏《えんそう》していたのだが、曲が半分過《す》ぎたあたりになるとどうしたわけかテンポが遅《おそ》くなるのだ。ほんの少しのずれだけど、半分くらいが片岡につられ、もう半分は正しいテンポでリズムを刻《きざ》んでいくので、剣《つるぎ》を持った戦いの踊《おど》りの曲なのに途中《とちゅう》からリズムがぐだぐだになり、その結果、合奏《がっそう》全体が崩《くず》れてしまうのだった。

音楽会の一週間前になって、あたしたちのクラスは男子対女子の険悪《けんあく》な雰囲気《ふんいき》になった。こんな状態《じょうたい》では、音楽会どころではない。担任《たんにん》の向山《むこうやま》先生の提案《ていあん》で国語の授業《じゅぎょう》を取りやめ、学級会を行うこととなった。

ふだんは学級委員が司会をするけれど、このときは特別に向山先生が、司会をし、お互《たが》いが、言いたいことを言った。

初めは、相手の悪口ばかりだったけど、向山先生はときどき「片岡《かたおか》の言いたいことはこういうことだろ」とか、「安《あん》ちゃんが言おうとしていることはこういうことだろ」というふうに、通訳《つうやく》のようなことをしてくれるのだった。

あたしもこれまでに何度か通訳をされたことがある。「あれ？　そんなこと、あたしは思っていたのかな」と思うこともあるけど、なんだか納得《なっとく》してしまう魔法《まほう》のような力があるのだ。

とにかく、先生の司会の力で、あたしたちのクラスの対立は、音楽会を何とかしようという気持ちから生まれた前向きな対話の始まりだったのだという話になり、なんとなく仲直りする気分になっていった。

けれど、先生としては、もう少し、学級が仲良くなってほしいらしく、「親切ゲーム」を始めた。

これは、向山《むこうやま》先生がときどき行うもので、くじ引きで、相手を決めたら、次の日までに誰《だれ》にも気づかれないようにその人に親切にするというゲームだ。次の日、一人ひとりが、誰に、どんな親切をしたかを発表していく。親切にする相手に気づかれないようにするけど、ほかの人にも気づかれないで、すごいことをやるのがかっこいいのだ。やり方が下手《へた》だと、ばれてしまうがそれも面白《おもしろ》い。

よくあるのは、靴箱《くつばこ》にたまった砂《すな》を小ぼうきではきだしてあげるもので、今回も何人かがやっていた。

あたしは、ちょうど給食当番の八宝菜《はっぽうさい》をよそう係だったので、親切にする相手の吉岡《よしおか》にウズラのゆで卵《たまご》をたくさん入れてあげた。発表の順番が来て、それを言ったとき、吉岡は、「確《たし》かに昨日はやたらにウズラのゆで卵が入っていた」と言ったので大爆笑《だいばくしょう》となった。

ところが賛晴《さんせい》は、その親切ゲームをすっかり忘《わす》れてしまい、何もやっていなかったのだった。しかも、親切にする相手はあたしだった。賛晴が、顔を真っ赤にして、そのことを言うと、みんなからブーイングの声があがった。

ただのゲームだから、あたしは、気にもしていなかった。だから、「かわいそう！」なんて誰《だれ》かに言われたときは、「あたしは、平気だよ！」と元気に言い返した。

それなのに、「いや、本当は山谷《やまや》ははらわたが煮《に》えくり返っているぞ、賛晴、責任《せきにん》をとれ！」と片岡《かたおか》が言い、それに対して、安《あん》ちゃんが、「余計《よけい》なこと言うのやめなよ」と注意をしたので、片岡は、「うるせい」と返して、また、前日のけんかに逆戻《ぎゃくもど》りしそうになった。

向山《むこうやま》先生が、あわてて、止めに入り、なんとか収《おさ》まった。そして、先生が賛晴にこう言ったのだった。

「賛晴。あとで、風花《ふうか》の頼《たの》みごとを何か一つ聞いてあげなさい」

次の休み時間、賛晴は、「頼みごと」を聞きに来た。そこで、あたしは、河口湖《かわぐちこ》までの電車の乗り方を聞いたのだ。賛晴は、三、四年生の頃《ころ》、鉄道博士と言われていたから、ちようどいい頼《たの》みごとだと思った。

あたしは、朝早くから行って、お昼ごろに戻《もど》ってきたいということを言った。

すると、次の日に、賛晴《さんせい》は、破《やぶ》り取ったノートのページに時刻《じこく》と駅名がたくさん書かれたものを持ってきた。ネットではなく、時刻表で調べたという。

「山谷《やまや》、ひとりで電車に乗ったことあんのか？」

ないと答えると、「だったら、おれも行ってやるよ」と、賛晴が言った。

あたしは最初、ことわったけれど、賛晴はけっこう強引《ごういん》だった。

「これ、乗り継《つ》ぎもあるし、たぶん山谷ひとりじゃ無理だよ。いや、絶対《ぜったい》無理だと思う。おれ、前に、家族で行ったことがあるからだいたい覚えているし。月曜、おれ、暇《ひま》だし、久《ひさ》しぶりに河口湖《かわぐちこ》で富士山《ふじさん》見たいし、それから、山谷には二つ借りがあるから」

二つ借りがある、というのは何なのか分からず、気になったが、そんなこともすぐに忘《わす》れ、そして、いま列車に二人で乗っているのだ。


発車のベルが鳴り、あたしはちょっとびくっとした。

いよいよ出発だ。向かい側に座《すわ》っている賛晴《さんせい》は、顔を少し斜《なな》め上の方に向けて、ぽわんとした眠《ねむ》そうな表情《ひょうじょう》でいる。考え事をしているのか、ただ眠いだけなのかよく分からない。どっちにしても、どきどきしていないのは確《たし》かだと思う。あたしはというと、あのとき、話の流れで、わりと気軽に河口湖《かわぐちこ》に一緒《いっしょ》に来てもらうことにOKしたけど、時間がたつにつれて、ちょっと、妙《みょう》な気分になってきた。だって、男子と二人きりで河口湖に行くなんて、どう考えたって、どきどきものだ。たとえ、相手が賛晴だとしても。

正直に言うと、あの日以来、音楽会より、今日のことの方が楽しみになってしまったのだ。

たとえば、電車の中で食べるおやつは何がいいかとか。

あたしは、何度かコンビニに行って、おいしそうなおやつを見て回った。

チョコとクッキーは、持っていくことにして、残りの一つをグミにするか、ラムネにするかを迷《まよ》っていた。でも、よく考えてみたら、学校の遠足ではないのだから、おやつは三つまでなんて決める必要はないことに気づき、ひとりでにやにや笑いをしていたりした。

そんなことを思い出し、ついまた、顔がにやつきそうになったので、下を向いて必死に普通《ふつう》の顔をつくった。そうしながら、夏の頃《ころ》、コンビニで賛晴《さんせい》に会ったことをふっと思い出した。

そのとき賛晴は、ペットボトルが並《なら》べられている冷蔵庫《れいぞうこ》の棚《たな》の前にいた。初め、賛晴がいることには気づかないで、おつかいで頼《たの》まれた二リットルのウーロン茶を取り出した。棚のドアを閉《し》めたところで、すぐとなりにいるのが賛晴だったということが分かった。賛晴もあたしに気づいたようで、ものすごく近い距離《きょり》で目が合った。賛晴の目は真っ赤で、涙《なみだ》がたまっているのが分かった。賛晴は、すぐに、ペットボトルの棚の方を向いた。何かをにらみつけている表情《ひょうじょう》で、泣いているところを見られたくないのだと思った。

あたしは、すぐに、レジに行き、そのコンビニを出た。それっきり、忘《わす》れていたけど、もう一つの借り、というのはきっとあのときのことにちがいない。でも、なんで、賛晴は、泣いていたのだろう。

そんなことを考えていたら、がたんとひとつ大きく揺《ゆ》れて、列車が動き出した。

2——駆《か》け落ちカップル

大月《おおつき》へ向かう列車は、がらがらのまま出発していったが、二つ目の駅にとまったときには、四人掛《が》けのボックスシートは半分くらい埋《う》まり、ドア付近には、高校生のグループが集まって、いやに大きな声で話していた。

聞くつもりはなかったけれど、勝手に「小学生」とか「カップル」とか「学校」といった言葉が耳に入ってきて、どうもあたしたちのことを話しているようだった。

すると、男子高校生二人が、近づいてきて、空いている隣《となり》のシートに座《すわ》って、こう言った。

「もしもし、よい子のきみたちは、きょうは、学校どうしたのかな?」

「学校サボって、遊びに行くんなら、ぼくたちも一緒《いっしょ》に連れて行ってほしいな」

言い終わると二人は、キャハハという気味の悪い笑い方をした。

「おれたち、学校代休で、それで、河口湖《かわぐちこ》に行くんです」

あたしは、びっくりして、何も言えないでいたが、賛晴《さんせい》は、高校生の二人に向かって堂々と言った。

「河口湖まで行ってデートするの。いいなあ、最近の小学生は」

二人のうちのやせて背《せ》の高い方が言った。

「おれたち、兄妹《きょうだい》ですから。おれが兄で、こっちが妹ですから」

賛晴が言った。

あたしも、何か言おうとしてさっき練習したことを言った。

「お兄ちゃん、チョコ食べる?」

「ありがとう、風花《ふうか》」

賛晴も練習した通りに答えた。

あたしは次の言葉を探《さが》したけど、焦《あせ》って、何も思いつかなかった。すると、賛晴が、あたしに手を突《つ》き出して、「チョコ、チョコ」と、言っている。

そっか、チョコをまだ渡《わた》していなかったんだ。それを見て、二人がまた笑い出した。

あたしは、リュックサックの中からチョコを取り出し、賛晴《さんせい》に渡した。

「なんだ、兄妹《きょうだい》か、つまんない。おれたち、駆《か》け落ちカップルを期待してたのにな」

とがっちりした方が言うと、あたしは〈カケオチ〉という言葉を聞いてつい口をはさんでしまった。

「あの……、いいですか、……」

「いいですよ、お嬢《じょう》ちゃん」

「カケオチってどういうことですか」

「どういうことって、意味が知りたいってこと？」

あたしはうなずいた。

「駆け落ちっていうのはですね。えっと……、小学生にも分かるように言うとね……」

がっちりタイプの高校生はうまく説明することができず、ズボンの後ろポケットから出したスマホに頼《たよ》ることになった。

「ええとですね。駆け落ちってのは、〈結婚《けっこん》を許《ゆる》されない愛し合う男女が、ひそかによその土地へ逃《のが》れること〉だってさ」

がっちり体型《たいけい》がスマホを読み上げた。

「そういうのに、興味《きょうみ》あるの?」とのっぽの方が言った。

「ちょっとだけ」とあたしは言った。

「すごいね、今の子どもって」とのっぽが言った。

あたしは、小さい声で、「自分だって、まだ子どもじゃない」と、言った。

「山谷《やまや》!」

思わず賛晴《さんせい》が言った。

あっ、と言う顔になったけど賛晴は、「山や川がある」と、言い直して窓《まど》の外を見た。

「ほんとだ、山や川がある」と、あたしも繰《く》り返した。

二人は、あたしたちの下手くそな芝居《しばい》の意味が分からず、とまどった表情《ひょうじょう》になった。

すると、友だちらしい三人目の高校生が現《あらわ》れて二人に言った。

「おまえたち、なに小学生をからかってるんだよ。かわいそうだろ」

「はいはい、分かりましたよ」

のっぽの方が、そう答えると三人はドアの方へ戻《もど》って行った。

少しして、駅に着くと、高校生たちは降《お》りて行った。

ドアがきちんと閉《し》まったのを確《たし》かめてから、小声で言った。

「山谷《やまや》なんて言ったら、ばれてしまうじゃない」

「でも、うまくごまかせただろ。『山や川がある』」

あたしたちは、声を殺して、「くくくっ」と笑った。

窓《まど》の外は、山がいつの間にかすぐそばに迫《せま》っていて、その分、空が狭《せま》く感じられる。線路の脇《わき》は谷のようになっていて、そこに川が流れていた。本当に山や川のある風景だった。

「山谷は、なんでさっきカケオチのことを聞いたの？」と、賛晴《さんせい》が聞いてきたけど、答える前にこう言った。

「山谷はなし！」

「そうだった。つい忘《わす》れちゃうんだよな。でも、なんでカケオチに興味《きょうみ》があるのさ？」

「河口湖《かわぐちこ》には、あたしのおばさんがいるんだけど、そのおばさんもカケオチしそうになったんだって。父さんと母さんがあたしに聞こえないようにひそひそ声で話しているのが聞こえてきたの。そのとき、カケオチって何だろうと思ったんだけど、聞くわけにもいかないから――」

あたしは、賛晴《さんせい》におばさんのことを話した。

おばさんのことをあたしは「純子《じゅんこ》ねえね」と呼《よ》んでいる。父さんの妹で、歳《とし》は、父さんより七つ下なので、三十歳《さい》だと思う。

その純子ねえねが、九月に女の子を産んだ。

結婚《けっこん》したなんて、全然聞いていなかったから、びっくりしたんだけど、どうも結婚はしていないという。どういうことなのと父さんに聞いたら、そんなことは知らなくていいって言われ、お祝いはしないのって聞くと、おまえには関係ないと言われた。結局、何も教えてくれないのだった。

「大人ってさ、都合《つごう》が悪いことは言わないんだよね。子どもは知らなくてもいいのって言って」と言うと、「おれもそういうことあった。あんたには関係ないって」と賛晴も強くうなずいていた。

「大人ってさ、あんたも家族の一員なんだからって、けっこう、いろんな仕事やれって言うのに、肝心《かんじん》なところでは、子どもは関係ないって言って、そのときだけ家族の中から外《はず》すんだよね。賛晴《さんせい》は何が関係ないって言われたの？」

あたしが聞くと、賛晴の表情《ひょうじょう》が、さっきと同じように、ほんの一瞬曇《いっしゅんくも》った。そしてすぐに、「忘《わす》れちゃった」と笑いながら言った。

聞いてはいけないことだったのかな、と思い、少しだけ気まずい空気になった。

あたしは、窓《まど》の外に目を移《うつ》した。さっきまで山がすぐそばに迫《せま》っていたのに、今はまた遠くになり線路の脇《わき》には畑が広がっていた。

「あっ」と、賛晴が言った。

賛晴の視線《しせん》の先を追っていくと、畑と畑の間の細い道を二人の子どもが歩いている。ランドセルをしょっているから登校中の小学生だ。

腕時計《うでどけい》を見たら七時四十五分。普段《ふだん》の月曜なら、あたしもランドセルをしょって登校している時間だ。

「なんか、へんな気持ちがしないか」

賛晴の言葉に、あたしも強くうなずいた。

「するよね。なんか学校サボっているみたいなかんじ」

もしかして、今日が代休というのはまちがいで、あたしたち以外は学校に行っているんじゃないかという気になった。そんなことは絶対《ぜったい》にないはずなのに、心のどこかにほんの少しだけ不安が残った。せっかくの休みの日なのに、モヤモヤした気持ちが、あたしの中でしばらく続いた。

外は、畑から田んぼに変わっている。曇《くも》り空のせいか、稲刈《いねか》りのすんだ田んぼはなんだかさみしげだった。

視線《しせん》を戻《もど》すと、向かいの席の賛晴《さんせい》はうつむきながら、体をもぞもぞ動かしていた。靴《くつ》を脱《ぬ》いだり、履《は》いたりしているようだった。よく見ると、スニーカーの左右を逆《ぎゃく》にして履いていた。

「何やってるの」と聞いてみた。

「いや、べつに」とごまかしたけれど、「べつにじゃないでしょう」と追及《ついきゅう》した。

「えっ、見てたの?」と賛晴は驚《おどろ》いたように言うので、逆にあたしの方も驚いてしまった。自分のすぐ前にいるのだから、気づかない方がどうかしている。

「あのさ、左足で右用のスニーカーを履《は》くのってどんな感じだったかなって、懐《なつ》かしくなってやってみたの」

賛晴《さんせい》が、そう言ったのを聞いて、笑っていいのかどうか一瞬《いっしゅん》迷《まよ》い、とりあえずここは笑わずに普通《ふつう》に聞いておこうと考えた。

「やってみてどうだったの？」と聞くと、賛晴は、「意外としっくりするんだよな。嘘《うそ》だと思ったらやってみな」と言った。

「嘘だと思うけどやりたくない。だいたい、幼児《ようじ》ではないんだから、普通そんなことしないでしょ」

「おれ、二年生の頃《ころ》まで、よく靴《くつ》を左右反対に履いていたんだよ。父さんと母さんは、そのことをすごく心配していたんだけど、なんか今でも、反対に履いても割《わり》としっくりくるんだよな。そのことたしかめたくなって」

「たしかめて、どうだったの？」とあたしは聞いた。

「なんか落ち着くんだよな」

「ちょっと、それドン引きするんですけど」

ちらっと足元を見ると普通の履《は》き方に戻《もど》っていたので少し安心した。

「あの頃《ころ》、靴《くつ》には左の方のつま先に、イシバシって書いてあって、右に、サンセイって書いてあったの。きちんと履くとイシバシサンセイで、間違《まちが》えるとサンセイイシバシになって、苗字《みようじ》が後にくるのはアメリカ人だから、オー・ノーって英語で言わなくちゃいけないって父さんが言って、それで母さんが大笑いしたの。あの頃《ころ》は、仲が良かったのに、今、仲が悪いんだよな」と賛晴《さんせい》は、あたしの方じゃなくて、窓《まど》の外をぼんやりと見ながら言った。

家族のことで悩《なや》みがあるんだ。あたしと同じだ。どこの家族にも悩みはあるということなのだろうか。あたしは何か言わなくちゃあと思ったけど、何を言ったらいいのか迷《まよ》っていると列車はいきなりトンネルに入った。

窓の外は真っ暗なのに、賛晴はずっと同じところを見ていた。

3――どんと濃《こ》い！　レモン味

列車が、いくつめかの駅にとまった。

はじめはすいていた車内も、次第《しだい》に混《こ》み始め、あたしたちが座《すわ》っている四人掛《が》けのボックスシートに、大きなカメラを胸《むね》の前にぶらさげた六十歳《さい》くらいの女の人がやってきた。

歳《とし》はとっているけど、黄色い毛糸の帽子《ぼうし》が若々《わかわか》しい感じがした。

あたしが、少し腰《こし》を浮《う》かせて窓側《まどがわ》へ寄《よ》り、席を空《あ》けると女の人は、「ありがとな。よっこらせときた」と、まるで男のような言い方をして隣《となり》に座った。見た感じは、とてもおしとやかそうだったので、びっくりした。

なんだか、よく分からない女の人がそばに来たから、怪《あや》しまれるような話はできない。

あたしは、少し緊張《きんちょう》しているのに、賛晴《さんせい》は、女の人が来たことにも気づいていないような感じだった。さっきから、どこかで聞いたことのある歌を歌っているというか、正確《せいかく》に言うと、歯のすき間から息をはき、シィーシィーという口笛のような音を出している。

ずっと、同じメロディーを繰《く》り返しているので、あたしは、「お兄ちゃん、その歌の名前、なんだっけ？」と聞いた。

さりげなく、お兄ちゃんと呼《よ》ぶことで、あたしたちは兄妹《きょうだい》だからね、ということを隣《となり》の女の人に伝えるつもりだった。

「ミソラヒバリ」

答えたのは隣のおばさんだった。

賛晴《さんせい》は、そう言われて、初めて、女の人がそこにいることに気づいたようだった。

「ミソラヒバリっていう歌なの？」

あたしが賛晴に聞くと答えたのは、また、女の人だった。

「ミソラヒバリは歌っている人の名前。曲の名前は、『川の流れのように』。そうでしょ」

賛晴は、こっくりうなずいてから、

「あの……、おばさんもミソラヒバリが好きなんですか？」と聞いた。

「その『おばさん』はやめてほしいな。おばさんに見えたとしてもやめてほしい。あたしは『いち』っていう名前だから『いっちゃん』って呼《よ》んでもらえるとありがたいな」

その女の人はすごくまじめな顔で言った。

「じゃあ、あの、いっちゃん」

「はいよ」

「いっちゃんもミソラヒバリが好きなんですか?」

「もちろん。彼女の歌には人生があるね」

すると賛晴《さんせい》はびっくりしたような表情《ひょうじょう》で、

「父さんも同じこと言ってた。おれが、カラオケでこの歌を歌うと喜んでくれた」

「もしかして、お父さん、もうお亡《な》くなりになったの?」

「いや、ぴんぴんして生きてるけど、もう、うちはカラオケに行かなくなってしまった」

「なんで、行かなくなっちゃったの?」

女の人が聞いた。

賛晴はというと、何か考えているような顔をしている。

女の人は、あわてて、「いや、無理に答えなくていいから」と言ったけど、少し、間をおいて贅晴《さんせい》が言った。

「父さんと母さんは最近ほとんど話さなくなっていて、カラオケに行くって雰囲気《ふんいき》じゃないし」

贅晴は、視線《しせん》を落としていて、まるで床《ゆか》に向かって話しているような言い方だった。

たぶん、さっきの話の続きなんだと思う。でも、どうして、贅晴の両親は仲が悪くなったんだろう。気にはなったけれど、いまは、あたしは贅晴の妹という設定《せってい》なので、そんなことを聞くわけにはいかない。すると、贅晴はいっちゃんに向かって話し出した。

「前は家族三人でカラオケに行くことがあって、おれは、父さんが喜ぶから、『川の流れのように』をよく歌ったんだ。おれが歌うと、父さんも母さんも喜んでくれた」

なんで、三人家族なのよ、その中にあたしも入れて四人家族にしなくちゃあだめでしょうと思ったけど、口に出すわけにはいかないので、あたしはやきもきしながら聞いていた。

「おれはもっと喜ばせようと思って、美空《みそら》ひばりのものまね芸人がやるような、特徴《とくちょう》をわざと大げさにみせる歌い方も練習したりしたんだ。家の前の浅川《あさかわ》の河原《かわら》で。土手を歩く人に見られて恥《は》ずかしかったけど」

「どんなふうに歌うの。やってみてよ」

いっちゃんはお願いしたけど、賛晴《さんせい》はもじもじしていた。でもぜひ聞きたいと言われると、特徴《とくちょう》のある声を作って歌った。

ああ　川の流れのように
ゆるやかに　いくつも　時代は過ぎて
ああ　川の流れのように
とめどなく　空が黄昏《たそがれ》に　染《そ》まるだけ

すると、いっちゃんは、「ああ、お兄ちゃん、うまいし、たしかに似《に》ているよ。ミソラヒバリも天国で喜んでいるよ、きっと」と、すごいほめ方をした。

賛晴は、照れて顔を赤くしながら、「もう、カラオケには行かなくなったから、ものまねも下手《へた》になったけど」と謙遜《けんそん》した。

「どうして行かなくなったの？」

あたしは、つい、そんなふうに聞いてしまった。これは、まずい、と思いあわてて、「どうして？　お兄ちゃん」と、言い直した。でも、お兄ちゃんという言葉をつけ足したことでかえって不自然さが増《ま》したような気がする。

「あんた方は兄妹《きょうだい》なの？」

いっちゃんもおかしいと気づいたらしい。

「そうなんです」

あたしが言った。

それを聞いていっちゃんは、「でも、お兄ちゃんのところは三人家族なんでしょ」と、言った。

あたしと賛晴《さんせい》は、お互《たが》いに顔を見合わせてあわてた。

「たしかにそうなんだけど……、でも、それには深いわけがあって……」

しどろもどろの答え方になった。

そんなあたしを見て、いっちゃんは、ガハハハと豪快《ごうかい》に笑い、

「とにかく、訳《わけ》あり兄妹《きょうだい》ってことだ。わかった。もう、これ以上は聞かねえから。人間誰《だれ》しも、秘密《ひみつ》ってのはあるものさ」

いっちゃんは、また、男のような言葉づかいになって、ガハハハ……と笑った。

兄妹のふりをするという作戦が、あっさり見破《みやぶ》られてしまい、あたしは少し落《お》ち込《こ》んでしまった。そんなあたしを励《はげ》ますつもりなのか、いっちゃんは、

「気にするな、気にするな。あのね、人間にはね、秘密ってのはとっても大切なものなの。とくにね、うれしい秘密じゃなくて、悲しい秘密とか、つらい秘密とかの方が、その人の宝物《たからもの》になるの」

「どういうことですか？」とあたしは質問《しつもん》した。

「あんなことしなければよかったっていう後悔《こうかい》ってあるでしょ。じゃなかったら、誰かに謝《あやま》らなくちゃいけないという負《お》い目とか。あたしの経験《けいけん》から言うとね、がんばろうと思う気持ちってね、そういう、人にはなかなか言えない秘密から、こう、なんていうか……、蚊取《かと》り線香《せんこう》の煙《けむり》みたいにゆらゆらって頼《たよ》りなく立ちのぼっていくのよ」

いっちゃんの言っていることはなんとなくあたしにも分かった。ただ、質問《しつもん》として、

「蚊取り線香《かとりせんこう》って、聞いたことはあるけど、どんなものなの……？」と言ったら、「そんなことは自分で調べなさい」と、そっけなく言われ、ああ、学校の先生とは違《ちが》うんだと思った。

「ああ、まじめなこと言いすぎて、おなかすいちゃった。これちょうだいね」

いっちゃんは、あたしがさっき窓《まど》のところにおいていたグミに手を伸《の》ばしながら言った。

「あ、どうぞ、でも、それ、変わった食べ物ですよ」

「グミくらい知っているわよ。あんた、あたしを年寄《としよ》り扱《あつか》いしているでしょ」といっちゃんは言い、袋《ふくろ》の中からグミを三つくらい取り出して口に入れた。

「うっ！」といっちゃんはうめいた。

たぶん、あまりの酸《す》っぱさに驚《おどろ》いたのだろう。

「それ、『どんと濃《こ》い！　レモン味』っていうグミなんです」

あたしが言うと、いっちゃんは、グミの袋をしげしげと眺《なが》め、「ほんとに、どんと濃いって味だわ。嘘《うそ》、偽《いつわ》りのないグミ。あたしは気に入ったね」とまた一つ口に放り込《こ》んだ。

すると、今まで黙《だま》っていた賛晴《さんせい》が聞いた。

「あの、いっちゃんの秘密《ひみつ》って何ですか？」

「あたしの秘密？　それはね、あたしはおばさんじゃなくて、おじさんだっていうこと」

それを聞いて、あたしも賛晴《さんせい》もぽかんとした。

えっ、どういうこと？

つまり、いっちゃんて、男ということ？

びっくりしすぎて、言葉がうまく出なかった。

「……んなこと、あるわけないでしょ。第一、秘密なんだから、そんなに簡単《かんたん》に人にはしゃべらないの。簡単に言えることって、秘密じゃないってことだから」といっちゃんは言うと、また一つグミを取り出し、口に入れた。レモン味がそうとう気に入ったらしい。

「あの、いっちゃん。聞いていいですか……？」

賛晴は、いっちゃんの方を思いつめた表情《ひょうじょう》で見ている。

「どうぞ」

「仲が良かったはずなのに、一年くらい前からお互《たが》いに話をしなくなって、また、仲良くなるためにはどうしたらいいんだろう」

賛晴《さんせい》が言った。

「仲が悪くなった原因《げんいん》は何なの？」

あたしは、兄妹《きょうだい》だという設定《せってい》を忘《わす》れて、そんなことを聞いた。

「母さんに聞いたけど、そんなことおまえには関係ないって言われた」

賛晴は、苦しそうな顔でそう言った。

どこの家の大人も、そうやって子どもをのけ者にするんだ。家族なのに、のけ者にされた子どもがどんな気持ちになるかなんてことまでは、大人は忙《いそが》しすぎて気がつかないのだろう。

あたしは、いっちゃんが何を言うのか期待して待った。

「お兄ちゃんは、自分に何かできないか、ずっと考えていたんだよな。でも、それが何なのか見つけられないんだ。そーかー……」

「そーかー」の次のことばを待ったけれど、いっちゃんはなかなか言わなかった。そして、手にしていたグミの袋《ふくろ》を顔に近づけ真剣《しんけん》な表情《ひょうじょう》でそれを見続けた。

グミの袋に何かとても大切なことがかかれているような、そんな顔つきだった。

「何か、書いてあるんですか？」

「ううん、書いてあるようにも思えるし、書いてないようにも思えるし……」

いっちゃんは、うーんとうなり、また、話を続けた。

「大切なことってね、こういう、お菓子《かし》の裏側《うらがわ》とかに書かれていたりすることがあるの。たとえばこういう文。〈グミ表面に白いかたまりが見られることがありますが、これも原材料の一部です。〉これ読むとさ、なるほど、そういうことか！　って思わない？」

いっちゃんの言っている意味が全く分からなかった。

あたしの思っていることが表情《ひょうじょう》に出てしまったのか、いっちゃんはつけたしでこう言った。

「このグミの注意書きが言ってるのは、白くなってるところもちゃんと食べることができますよ、ってことでしょ。もっと、ざっくり言うと、みんなひっくるめてＯＫってこと。分かる？」

「分かるような気がしないでもないけど……」

あたしが言うと、

「そのうち分かるから」

いっちゃんは自信ありげに言った。

あたしは、賛晴《さんせい》にいっちゃんの言っていることが分かるか聞いてみたかったけど、いつになく怖《こわ》い顔をしていて話しかけづらい雰囲気《ふんいき》だった。

「OKなんて言えない」

賛晴は、独《ひと》り言《ごと》のようにぽつりと言うと、また、歯の隙間《すきま》から息をはきだし、ミソラヒバリのメロディーを奏《かな》でた。

それは、さっきとちがい、とてもさみしいメロディーに聞こえた。

いっちゃんは、今度はあたしに向かって「今日は、学校はどうしたの?」と、聞いてきた。

「土曜日に音楽会があったので、今日がその代休なんです」

あたしは、用意していた答えを言い、そして、「あたしたち、河口湖《かわぐちこ》にいるおばさんのところに行くんです。九月におばさんが赤ちゃんを産んだんです」とつけくわえた。

「ああ、すてきね。で、お名前は?」

どきりとした。名前は聞かされていないのだ。一度、父さんに、赤ちゃんの名前を聞いたことがあったけど、そんなこと知らなくていい、と怒《おこ》られてしまった。

「知らないんです」と、正直に言った。

「お兄ちゃんも知らないんだよね、赤ちゃんの名前。訳《わけ》あり兄妹《きょうだい》だから」

いっちゃんは笑いながら言った。

「訳があって、父さんも母さんも、あたしに赤ちゃんの名前を教えてくれないんです」

「お姉ちゃんのところも訳ありなんだ」

いっちゃんは、言った。

あたしも賛晴《さんせい》みたいに、あたしの家族の事情《じじょう》をいっちゃんに聞いてもらいたい気持ちになっていた。

純子《じゅんこ》ねえねは、誰《だれ》かを好きになってその人と結婚《けっこん》しようと思ったのに、家族全員から反対されて、そして、結婚できなくなったみたいです。

けれど、九月に赤ちゃんは生まれているんです。

赤ちゃんが生まれたら、本当はみんなからお祝いされるはずなのに、それがないんです。あたしが聞いても、父さんと母さんは、赤ちゃんの名前を教えてくれないんです。それってひどすぎると思いませんか？

そういったことをあたしはいっちゃんに話してみたくなった。きっと、いっちゃんは、さっきの賛晴《さんせい》のときのように正直な感想を言ってくれるにちがいない。

いや、グミの注意書きを読んでくれるだけでもいい。誰《だれ》かに話を聞いてもらえたらそれでいいのだ。

だから、思い切って話してみよう。

あたしがそう思ったとき、いっちゃんが言った。

「このカメラ、すごいでしょ」

いっちゃんは、首にかけていたカメラをはずして、あたしたちの前に差し出した。

「プロのカメラマンみたい」

賛晴が言った。

「カメラはプロ級なんだけど、撮《と》る写真はへぼ級なんだな。今日は、富士山《ふじさん》を撮りに行くんだけど、天気はどうかな」

ちらっと空を見上げて言った。あたしも、窓《まど》から空を見上げた。ところどころに青空が少しだけ見えるけれど、ほとんどは雲がかかっていた。そんな曇《くも》り空を見ながら、いっちゃんに家族の話を打ち明けるタイミングがつかめず、ため息をついた。

「風景の写真は、結局は、天気なんだよね。どんなにすごいカメラ持っていても、天気が悪ければいい写真は撮れないし、天気さえよければ、どんなカメラでもきれいに撮れるんだな」

いっちゃんはプロ級のカメラを目の前に構《かま》えた。窓の外の風景を撮るようだ。カメラから突《つ》き出たレンズのところが、うなり声のような音を出して、生き物みたいに伸《の》びたり縮《ちぢ》んだりした。でも、シャッターは押《お》されず、いっちゃんは構えたカメラを下ろし、ストラップを首にかけた。

「天気だけは神様に頼《たよ》るしかないね。天気だけじゃなくて、人生の何割《なんわり》かも自分の力だけじゃあどうにもならないことがあるね。長く生きてきて、そう思った。うん」

自分に向かって話しかけているような感じもしたし、あたしたちに何かを伝えようとしているようにも思えた。

大月《おおつき》につくまで、いっちゃんは、先月、友だちと日光《にっこう》へ紅葉《こうよう》の写真を撮《と》りに行ったことを話してくれた。

あたしたちも、六月に移動《いどう》教室で日光へ行ったので、話が盛《も》り上がった。賛晴《さんせい》は、華厳《けごん》の滝《たき》がよかったと言い、あたしは湯滝《ゆたき》がよかったと言った。いっちゃんも湯滝の方が好きだというのを聞き、それは、男と女の違《ちが》いかな、とあたしが言うと、あんたの考えは古すぎる！　と叱《しか》られてしまった。男だからとか女だからなんてことはなくて、みんな自分が思ったことを自分の責任《せきにん》でやるんだよ！　とも言われた。

よく意味が分からないと言ったら、こっちだって、すべて分かって言ってるわけじゃないんだよと開き直られ、つい笑ってしまった。話に夢中《むちゅう》になっているうちに、賛晴は、あたしのことを山谷《やまや》と呼《よ》び、あたしもお兄ちゃんでなく賛晴と呼んでいた。

絶対《ぜったい》に、あたしたちが兄妹《きょうだい》ではないことに気づいているはずだけど、いっちゃんはそのことについてはふれなかった。

4――旅の目的

八時十二分に列車は大月駅《おおつきえき》に到着《とうちゃく》した。

いっちゃんは、この駅で、上りの列車でやってくる来る友だちと待ち合わせをしているのだという。ホームに残っているいっちゃんにお別れのあいさつをすると、「そうだ、これ、持って行きなさい」とリュックサックの中から平べったい箱を取り出した。

「ハワイに行った人からもらったお土産《みやげ》のチョコレート、食べかけだけど。さっき、グミをほとんどあたしが食べちゃったから、これお返しにあげるよ」

黒っぽいその箱は、見るからに高級そうなかんじがしたけど、ふたが開かないようにタコ糸でぐるぐる巻《ま》きにされているところがおかしかった。

あたしたちは、お礼を言い、手を振《ふ》りながら、跨線橋《こせんきょう》の階段《かいだん》に向かった。

列車に乗っていた半分くらいの人が下りたので、階段《かいだん》はすごく混雑《こんざつ》していた。

「ちょっと不思議な感じの人だったね。でもいい人だと思う」

賛晴《さんせい》は、自分の家族のことを聞いてもらえたからうれしかったんだと思う。ちょっと意味の分からないところはあったけど、あたしも同感だった。

「ここから、もう一回、気持ちを引き締《し》めて、兄妹《きょうだい》にならなくちゃあ。ねえ、お兄ちゃん！」

あたしと賛晴は大勢《おおぜい》の人が進んでいく方に向かって階段をのぼった。

「こっちの方向でいいの？」

念のために聞いた。

「そうだよ、去年の夏に来たから覚えている。これから乗る富士《ふじ》急行《きゅうこう》は、ここ大月駅《おおつきえき》から終点の河口湖駅《かわぐちこえき》まで高低差五百メートルをのぼっていくんだよ」

「さすが、お兄ちゃん。鉄道博士」

「風花《ふうか》、お兄ちゃんを見直したか」

自分たちのやっている兄妹ごっこがおかしくて一緒《いっしょ》に笑った。

すると、あたしたちのすぐ前に並《なら》んでいたおばあさんが、振《ふ》り向《む》き、あたしたちを見て笑った。きっと、仲の良い兄妹《きょうだい》に見えただろう。

あたしと賛晴《さんせい》も、ぺこりとおじぎをした。


改札を通ると、そこには二両編成《へんせい》の電車が止まっていた。

富士急行《ふじきゅうこう》のその電車の座席《ざせき》は、窓《まど》に背《せ》を向けてすわる通勤電車《つうきんでんしゃ》タイプで、乗り込《こ》んだ時には、座席はほぼうまっていた。あたしたちは、電車の一番先頭のドアのところで立っていた。車輌《しゃりょう》の中は、いたるところに富士山のステッカーが貼《は》られ、そこには世界遺産《いさん》という言葉がでかでかと書かれていた。

電車はすぐに発車した。すると、思い出したように賛晴が小声で言った。

「そうだ、おれの名前はどうなるの？」

「賛晴じゃない」

「賛晴だけど、石橋《いしばし》賛晴なの、それとも山谷《やまや》賛晴なの？」

「どっちでもいいよ」

「じゃあ、山谷賛晴《やまやさんせい》にするか。この旅は、風花《ふうか》の旅だし」

そんなことを言われて、あたしはどきりとした。「風花の旅」って、まるで、ドラマのタイトルみたいだ。そうだとしたら、あたしは主人公と言うことになる。そして、その主人公は、旅の途中《とちゅう》で、いろいろな人に出会い、人生で大切なことを学ぶのだ。

人生のことなら、さっき、いっちゃんにすこしだけ教わっている。さっき言ってくれたことは……、と思い返してみる。ひとつは、秘密《ひみつ》って大事だということ。もう一つは、グミの袋《ふくろ》の裏《うら》の注意書きはときには役に立つということ。どちらも、いまひとつ、ぴんと来ないところがあるから、さらに人生の極意《ごくい》みたいなものを見つけられたらいい。

そんなことを考えていたら、やっぱり、あたしは賛晴に、この旅の一番の目的を話したくなって、いきなりだったけど言ってみた。

「あたしにとってはねえ、この旅の目的は、恩返《おんがえ》しなの」

ずっと黙《だま》り込《こ》んでいたあたしが突然《とつぜん》話し出したので、賛晴は驚《おどろ》いている。

「びっくりしたあ、突然。恩返しってどういうこと?」

「あたしね、純子《じゅんこ》ねえねのおかげで、今の自分があると思うの」

「命を救ってもらったとか？」

「そうじゃないんだけど、前は弱虫で、泣き虫だったあたしが、そういう弱っちい女の子から卒業できたのは純子《じゅんこ》ねえねのおかげなの」

「はあ……」

どうも、あたしの言いたいことがうまく伝わっていないようだった。賛晴《さんせい》も、そんなあたしの過去《かこ》のことなんて興味《きょうみ》がなさそうだったから、それ以上話す意欲《いよく》が無くなってしまった。

とにかく、あたしは、純子ねえねに感謝《かんしゃ》しているということと、純子ねえねがピンチの今、何とか応援《おうえん》したいと思って河口湖《かわぐちこ》をめざしている、ということを賛晴に伝えたかった。

赤ちゃんを産むことになって、純子ねえねは、会社を辞《や》め、河口湖のおばあちゃんの家に戻《もど》ったけど、それまでは、あたしの家の近所のアパートで暮《く》らしていた。だから、あたしは、困《こま》ったことがあるとよくねえねに相談した。普段《ふだん》、働いている母さんは、家の仕事もやって、疲《つか》れた顔をしていることが多く、そんな母さんを見ていると、なんだか、つまらない相談をするのが悪いような気がしてしまうのだった。

母さんとは反対に、純子《じゅんこ》ねえねは、あたしといるときはいつもにこにこしていた。だから、隣《となり》の席の男子が、消しゴムのかすをあたしの席に飛ばしてくる、なんていうどうでもいい悩《なや》みでも、気軽に相談できるのだった。

じっさい、あたしは、四年生までは、消しゴムのかす程度《ていど》でも、けっこう気にして、でも、相手の男子には何も言えない気の小さいところがあった。

いまのあたしは、クラスの男子全員を相手にしても、言いたいことを言う自信はある。自分でも、たった一年半で性格《せいかく》や態度《たいど》がよくここまで変われたものだと思う。

じつは、その変わるきっかけを作ってくれたのが純子ねえねだった。

それは、五年生の四月のこと。社会科の時間に向山《むこうやま》先生が都道府県クイズというのをやってくれた。三つヒントを出して、それが当てはまる都道府県を当てるのだが、何回目かの問題の第一ヒントで「ほうとう」というのが出て、あたしは「山梨県《やまなしけん》」と答え正解《せいかい》した。気が弱くて、国語の音読のときにも「声が小さくて聞こえません」なんて言われると、さらに声が小さくなってしまうようなあたしが、あのクイズひとつでなぜか自信を持ってしまったのだ。

あのとき、向山《むこうやま》先生は、「ほうとうは、ふるさとの味。風花《ふうか》もほうとうは好きか」と聞いてくれた。「ほうとうは、ふるさとの味」というのは、ねえねも前に言ったことがあるのでびっくりした。そして、「風花」と、名前で先生に呼《よ》ばれたことも初めてだった。いままでは、「山谷《やまや》さん」と呼ばれていたから、名前で呼ばれたことがとてもうれしかった。

そのことを、ねえねに話したところ、「その先生、きっと、山梨県《やまなしけん》の人だから、いい先生だよ。だから、風花、勉強、がんばんなよ」と、言ってくれた。

そして、その通り、勇気を出して、自分から手をあげ、答えるようにしていったら、いつの間にか、周りのみんなが、あたしは活発な女子だと思い始めたような感じがして、そうなると、あたしはさらに自信を持つようになっていったのだった。

だから、あたしは、純子《じゅんこ》ねえねに感謝《かんしゃ》してるのだ。もちろん、向山先生にもだけど。その大恩人《だいおんじん》が、いま、とてもつらい立場にあるのだから、あたしはどんなことをしてでも純子ねえねを助けに行かなくてはならないのだ。そして、純子ねえねはきっと喜んでくれるはずだ。

そんなことを考えている自分に、感動してしまい、思わず涙《なみだ》ぐんでしまった。

恥《は》ずかしいから、涙がかわくまで窓《まど》の外の景色を見ているふりをしていた。

涙は案外早く乾《かわ》き、あたしは、ドアの上に書かれている停車駅を数えた。すると、大月《おおつき》から終点の河口湖《かわぐちこ》まで全部で十六の駅があった。

「お兄ちゃん、河口湖駅までは何分かかるの？」

「五十七分。でも、もう、六、七分走ってるから五十分くらいで着くよ」

「お兄ちゃん、鉄道が本当に好きなんだね。よく、一人で電車に乗ったりするの？」

「いいや、親と一緒《いっしょ》」

「ほんとう？　でも、なんで、きっぷの買い方とか詳《くわ》しいの？」

「親と一緒だけど、きっぷを買ったり、時刻表《じこくひょう》を読んだりするのは自分でやるようにしている」と、賛晴《さんせい》は言った。

自分でやるか親に任《まか》せているかの違《ちが》いなんだ。

「じゃあ、一人旅は今日が初めて？」

「そうだよ。まあ、今日は二人旅だけど」

「怖《こわ》くない？」

「べつに怖くはないけど、おれ、今日のこと、母さんにちゃんと言っていないから、心配しているかもしれない」

「だまってでてきたの？」

「紙に『河口湖《かわぐちこ》に行ってきます』とだけ書いて、テーブルに置いてきた」

「それ、だいじょうぶかな？　近くのコンビニに行ってきますだったら分かるけど、突然《とつぜん》河口湖ってなったら、びっくりするよ」

「まずかったかな」

「心配してると思うよ」

「だって、風花《ふうか》と一緒《いっしょ》に行くなんて言えないじゃないか」

たしかに、それは言えないと思った。

「風花は、なんて言ってきたのさ」

「家の人には、秘密《ひみつ》だよ。何も言ってない。うちは、お父さんもお母さんも働いているから、二人が帰ってくる前に、家についていれば、河口湖に行ったことは分からないもの」

「おれの母さんも、普段《ふだん》の月曜は出勤《しゅっきん》なんだよな。だから、母さんに知られずに河口湖《かわぐちこ》に行けると思っていたんだけど、それが、昨日になってから、休みが取れることになったって言われて、あせったんだよ」

賛晴《さんせい》のお母さんは、となりの市にある大きなショッピングセンターで働いているということだった。

「やっぱり置き手紙は失敗だったかもしれない。心配して、警察《けいさつ》に電話なんてしていないだろうな」

賛晴は、こわいことを言い始めた。

「もし、警察に電話したらどうなる?」

「きっと、河口湖の警察に連絡《れんらく》がいくと思う」

「あたしたち、指名手配の犯人《はんにん》みたいじゃない」

困《こま》ったような顔をしながらも、心のどこかでは、わくわくする気持ちが大きくなっていくのが分かった。

5――赤ちゃんの靴《くつ》

都留文科大学駅《つるぶんかだいがくえき》で、たくさんの人が降《お》り、座席《ざせき》が空いたので、ドア寄《よ》りのはじにあたしたちは座《すわ》った。そのとき、あたしは、持っていた小さな紙袋《かみぶくろ》を上の網棚《あみだな》に置いた。さっきまではリュックサックの中に入れてあったものだけど、いっちゃんからもらったチョコレートを入れたらいっぱいになり、リュックから出しておいたのだ。

「これ、上に置いておくから、取るの忘《わす》れていたら教えてね」

「その紙袋、なにが入っているの？」

賛晴《さんせい》が聞いた。

「赤ちゃんの靴」

「へえ、そんな小さい紙袋に入るんだ」

「見てみる？」と言うと賛晴《さんせい》は、すごく興味《きょうみ》を示《しめ》した。

また、網棚《あみだな》の上から取ろうとして背伸《せの》びをしたけど、奥《おく》の方に行ってしまってなかなか取れない。それを見て、賛晴が、取ってくれた。賛晴も背伸びをしているけれど、あたしよりは背が高い。

「ありがとう、お兄ちゃん」

すわって膝《ひざ》の上に紙袋《かみぶくろ》を置き、中からそっと、靴《くつ》を取り出した。

それはとても小さくて、まるでお人形の靴のようだった。靴全体は赤で、甲《こう》のところにマジックテープで留《と》めるベージュ色のベルトがあり、そのベルトの部分に二匹《ひき》ずつ、合計四匹の動物が刺繍《ししゅう》されている。右のベルトには、ゾウとパンダが、左のベルトには、クマとネコがそれぞれ、両手をあげてバンザイをしているような絵になっている。

その靴を賛晴の膝《ひざ》の上に置いた。

賛晴は、左右の小さな靴に、自分の指を入れ、膝の上で歩いているような仕草をした。

「赤ちゃんってもう歩けるの？」

「まだ無理だと思う」

「じゃあ、靴《くつ》買う意味ないじゃない」

「そんなことないよ」

ちょっと、むっとして、賛晴《さんせい》から靴を取り返した。

「でも、なんで、おばさんは結婚《けっこん》を反対されたの」

むっとしているからか、話題を変えるようにして賛晴が聞いてきた。

「あたしもよく分からないんだけど、なんか、相手の人はものすごく若《わか》い人なんだって」

「歳《とし》の差だけで反対される？」

「それだけじゃないって言ってるけど、あたしには教えてくれないの」

「大人は肝心《かんじん》なところは子どもに言わないんだよな」

はあ、と一つ大きなため息をついてから、

「でも、風花《ふうか》はえらいよ。プレゼント渡《わた》しに行こうとしているんだから。おれなんて、なんにもしてないもの」と言葉をつけ足した。ほめられてちょっとうれしくなったけれど、賛晴は賛晴で、親のことで悩《なや》んでいるのだろう。

「賛晴のところはなんで、仲が悪くなったの」

今度はあたしの方から質問《しつもん》した。

「それが分からないんだ。いつからなのかもはっきりしない。一年くらい前だと思うけど、気がついたら、なんとなくそうなっていたんだ。それで、夏の頃《ころ》には、父さんは別のところで暮《く》らし始めてる」

「仲良くなってって言えばいいんじゃないの？」

賛晴《さんせい》はそれには答えなかった。何も知らないのに、気やすくそんなことを言うのはまずかったかと後悔《こうかい》した。そして、あのコンビニで泣いている賛晴を見たのはそういえば夏だったことを思い出す。あれは、お父さんのことと関係していたのだろうか。

あたしは、靴《くつ》を紙袋《かみぶくろ》の中にしまうと、また網棚《あみだな》の上にのっけた。

靴を買ったのは先週の日曜日だ。

家の近くにある菊野屋《きくのや》という赤ちゃん用品をたくさん売っているお店に行ってみた。お店の中には、赤ちゃんの服やおもちゃ、赤ちゃん用のお菓子《かし》などが置かれていた。女の子用のかわいい服がたくさんあったけど、それらは高くて、あたしのお小遣《こづか》いで買うのは無理だった。そうかといって、お菓子では食べたら、もうそれでおしまいになる。やはり、ずっと後まで残るものをプレゼントしたかった。

店内を見回していると、赤ちゃん用の靴《くつ》を売っているコーナーがあった。それを見た瞬間《しゅんかん》、これで決まりだと思った。

赤ちゃんの靴は、驚《おどろ》くほど小さく、おとぎの国の住人がはくようなものに思えた。

靴コーナーの上を見ると、生後二か月、四か月、一歳《さい》というふうに年齢《ねんれい》が書かれていて、その表示《ひょうじ》に合わせて靴の大きさがちがっていた。

あたしは、生後二か月の赤ちゃん用の靴の中からプレゼントを選ぶことにした。

まだ、生まれたばかりだから、たぶん歩けないはずだ。それでも、あたしはこの赤い、かわいい靴を贈《おく》りたかった。

赤ちゃんのためでもあるけど、何より純子《じゅんこ》ねえねを喜ばせたいと思ったし、純子ねえねのいちばんの味方だからと伝えたかった。

車輛《しゃりょう》の後ろの方で歓声《かんせい》が上がった。

目をやると、みんなが窓《まど》の外を見ている。

向かいの窓を見るとそこには大きな山があった。山はすぐ近くにあったので上の方は、体を低くしないと見えなかった。

富士山《ふじさん》だった。

あいにく、てっぺんは雲に隠《かく》れているが、それでも富士山は迫力《はくりょく》があった。

「お兄ちゃん、あのチョコ食べようよ」

リュックサックの中から、さっきしまったチョコレートの箱を取り出して、賛晴《さんせい》に渡《わた》した。

「これだけ厳重《げんじゅう》にタコ糸でまかれているから、ものすごい高級チョコだと思う」

賛晴は、タコ糸をはずしながら言った。

「ふたが開かないようにするんだったら、セロテープを使えばいいのに……」

「あとで、このタコ糸を何かに使いたかったんじゃないのかな？　ほら見て、こんなに長いよ」と言って、はずしたタコ糸をぴんとはるとそれは一メートル以上あるようだった。

賛晴は、それを丸めてズボンのポケットに入れ、箱のふたを開けた。

すると、中にはチョコが四個《こ》残っていた。二人で食べるのにちょうどいい数だった。口に入れてかんでみると、中に大きなナッツが入っていた。

「これ、うまいな」

賛晴《さんせい》が言った。

世界遺産《いさん》である富士山《ふじさん》を見て食べるそのチョコの味は、たしかに最高に思えた。

しばらくすると富士山駅に着いた。

「ここに富士山があるの？」

「いや、駅前にあるわけではないけど、登山口がここにあるんだって」

ふーん、と思いながら、あたしは窓《まど》から富士山の姿《すがた》を探《さが》したけど、建物の陰《かげ》にでもなっているのか、見つけることはできなかった。

発車のベルが鳴り電車が動き出した。

「何か気がつかない？」と賛晴が言った。

えっ？　何が？　と思った。

特別なことが起きているのだろうか？　としばらく考えて、ようやく分かった。さっきと反対向きに電車が進んでいるのだ。

「なんで？」と聞くと、賛晴《さんせい》は待ってましたとばかりに話してくれた。

「これはスイッチバックというやつなんだ。昔、この線路の先は御殿場《ごてんば》っていうところにつながっていたんだけど、その線路が無くなってこの駅が終点になったんだよ。だから、正確《せいかく》に言うと、大月《おおつき》からここまでが大月線で、ここから河口湖《かわぐちこ》までが河口湖線っていうんだよ。おれたちは今、河口湖線に乗り入れたところなの。さっきとは逆向《ぎゃくむ》きに進んでいるけど、もどっているわけじゃないんだ」

「まだ、先は長いの？」と聞くと、あと駅は二つということだった。

次の駅には、あっという間についた。

富士急《ふじきゅう》ハイランド駅だった。

窓《まど》のすぐ向こうにジェットコースターの線路が高くそびえていた。朝が早いので、アトラクションはまだ動いていないが、見ているだけで、背中《せなか》のあたりがぞわぞわしてしまう。

毎年、お正月におばあちゃんのところに行くと、純子《じゅんこ》ねえねが、この富士急ハイランドに連れて行ってくれる。

二人とも、ジェットコースターなどの恐《おそ》ろしいアトラクションは苦手なので、向かうのはスケートリンクだった。

ところが、今年の正月は、母さんと二人でスケートをしてきた。

どうして、純子《じゅんこ》ねえねは来ないのかと聞いたとき、「ねえねは、いま大事なことを大人だけで話している」と母さんは答えていた。

いまから思えば、「大事なこと」と言うのは、ねえねの結婚《けっこん》についてのいろいろな問題だったのだろう。

相手の男性《だんせい》が若《わか》すぎるというけど、いったい何歳《なんさい》の人だったのだろう。でも、いくら歳《とし》が離《はな》れていても本人同士が、お互《たが》いを好きなら何も問題はないと思う。ということは、歳の差以外にも何か問題があったのだろうか。分からないことだらけだけど、でも、何とかしてあたしはねえねを元気づけたい。

赤ちゃんの靴《くつ》をもらったからといって元気になるかどうかは分からないけれど、あたしは味方だよ、ということだけでも伝えたい。

富士急《ふじきゅう》ハイランド駅の次が終点の河口湖駅《かわぐちこえき》だった。時計を見ると九時十二分。高尾駅《たかおえき》を出発して約二時間たった。

終点なので乗客は全員降《お》りた。初めは先頭に乗っていたけれど、富士山駅で向きが変わったので、あたしたちは後ろの方を歩くことになった。平日の朝だからか、乗客は二十人ほどだった。もちろんその中に小学生はあたしたちだけだった。

改札口は、自動ではなく、すぐ横に駅員さんが立っていて切符《きっぷ》を受け取っていた。あたしたちは、わざと離《はな》れて改札を通った。呼《よ》び止《と》められるのではないかとそこを通るときどきどきしたけど、大丈夫《だいじょうぶ》だった。

6――捜索願《そうさくねが》い

賛晴《さんせい》がトイレに行くというのであたしもついて行った。

駅の中には、券売機《けんばいき》以外に、お土産《みやげ》コーナーや食堂コーナーなどがあった。そこを賛晴は迷《まよ》うことなく進んで行った。

女性用《じょせいよう》トイレにはあたしのほかに三人の大人の人がいたが、みんな外国の人だった。ひとりは、金髪《きんぱつ》の人。あとの二人は日本人と思っていたら、韓国語《かんこくご》を話していた。学校で少しだけ韓国語の勉強をしているからわかった。富士山《ふじさん》は、日本人より外国の人に人気があるのかもしれない。

トイレのあと、お土産コーナーの前にあるベンチに座《すわ》り、あたしたちはガイドブックの地図を広げておばあちゃんのうちへ行くまでの道を調べた。

「ここから河口湖《かわぐちこ》までの行き方は分かる？」

あたしの家族は、おばあちゃんの家に行くときはいつも車を使っている。河口湖駅から歩いたことはなかった。

「道順は分かるよ」

「さすがお兄ちゃん。じゃあ、河口湖の近くにラベンダーショップっていうお店があるから見つけて」

二人で地図を見ていると、賛晴《さんせい》の方が早く見つけて指をさした。

「このラベンダーショップを目指してまず歩こうよ。そこから先は、たぶん分かるから」

「たぶん？　大丈夫《だいじょうぶ》か」

賛晴が心配そうに言った。

車で河口湖に行くときは、いつもラベンダーショップの前の駐車場《ちゅうしゃじょう》を利用していた。そこからおばあちゃんの家までは五分ほどだったから、たぶん大丈夫のはずだ。

「なんとかなるって」

あたしは、ガイドブックをリュックにしまった。

そのとき、賛晴《さんせい》が、「ねえ、ケータイって、今持っている？」と聞いてきた。

「あるよ」と言ってあたしは、リュックの中から取り出した。

ケータイを開けてみると画面が真っ黒になっていた。まずい！　と思いながら起動のボタンを押してみるが、まったく反応《はんのう》がなかった。

「ごめん、しばらく使ってなかったから、バッテリーが切れていたみたい。どこか電話したいところがあるの？」

「うーん」とあいまいな返事だった。

「おばあちゃんちに行けばそこで借りることができるよ」

「うーん」

賛晴はやっぱりはっきりしない答え方をした。少し気になったけれど、先を急ぎたかったので、それで話を終わりにした。

駅の前はロータリーになっていて、いくつかバス停があり、そこには何人かずつの人が並《なら》んでバスが来るのを待っていた。

ロータリーを出たところに標識《ひょうしき》があり、その中の一つに「河口湖《かわぐちこ》」と矢印が示されていた。矢印の方向へ進むために信号待ちをしていると、「後ろを見てみなよ」と賛晴《さんせい》が言った。

振《ふ》り向《む》いてみると駅の建物の上に巨大《きょだい》な富士山《ふじさん》があった。

すぐ目の前にあるような迫力《はくりょく》で富士山の姿《すがた》が目に飛《と》び込《こ》んでくる。

はっ、と息をのむってこういうことなんだと実感した。

山のてっぺんには、あいにく雲がかかっているけど、とにかく大きさだけで感動できてしまう。

あたしは、両手を突《つ》きあげ、「すっごーい！」と、歓声《かんせい》をあげた。それと同時に、大変なことに気づいてしまった。

「あーっ！　プレゼントがない！」

赤ちゃんの靴《くつ》を入れた紙袋《かみぶくろ》がない。いったいいつから持っていなかったのか。さっきトイレに行ったときはもう、持っていなかった。そういえば、電車の網棚《あみだな》から紙袋を降《お》ろした記憶《きおく》がない。

JR

「電車の中に忘《わす》れて来たみたい」

「駅に戻《もど》ろう」

贊晴《さんせい》は、もう駅に向かって走り出した。

そんな贊晴をあたしは、大声を出して呼《よ》び止めた。

「待って。あたしが聞いてくるから贊晴は離《はな》れたところで待っていて」

「なんでさ」

「だって、もしかすると、贊晴のことでもう駅に連絡《れんらく》が入っているかもしれないよ」

それを聞いて贊晴は、「たしかに……」とつぶやいた。

念のために贊晴には、お土産《みやげ》コーナーのあるところで待っていてもらうことにした。駅の事務室《じむしつ》からは見えないところにある。

あたしは、窓口《まどぐち》へ行き、駅員さんに声をかけた。

しばらくして「お待たせしてごめんねー」と言いながら、眼鏡《めがね》をかけた駅員さんがやって来た。

「すみません、さっき、乗ってきた電車に忘れ物をしたんですが」と、言うと、その駅員さんは、「あーっ」と、いかにも残念そうな声を出した。

「ちょうど、いま、大月駅《おおつきえき》に向かって出発したところ」

「あーっ」とこんどはあたしが言った。

「連絡《れんらく》入れますから、だいじょうぶですよ」

駅員さんはやさしく言ってくれた。

「ところで、忘《わす》れ物は何ですか？」

「紙袋《かみぶくろ》です」

「紙袋の中身は？」

「靴《くつ》です。赤ちゃんのはく、小さな靴」

「お名前と年齢《ねんれい》を教えてください」

「山谷風花《やまやふうか》、十二歳《さい》」

駅員さんは、うつむきながら紙にあたしの言ったことを書いていたが、書き終えると、顔を上げ、あたしの顔をまじまじと見つめ始めた。

「あなたは小学生？」

あたしはうなずいた。

「今日、学校はお休み？」

また、うなずいた。

「どうしてお休みなの？」と聞く駅員さんの顔つきが、なんだかさっきとちがっているような気がした。眼鏡《めがね》の奥《おく》の目も怖《こわ》いし、口調もなんだか怒《おこ》っているような感じがする。

駅員さんは、あたしが学校をずる休みしてここにきていると思っているのかもしれない。

だから、あたしは、今日が音楽会の代休であることを話した。

すると、もっとびっくりすることを駅員さんが言った。

「イシバシサンセイ君という子を知らない？　君と同じ小学生の男子なんだけど」

ものすごくびっくりしたけど、それが顔に出ないように我慢《がまん》した。

「知りません。どうしたんですか、そのひと」

あたしはできるだけ普通《ふつう》の顔をして駅員さんに聞いた。

「ついさっき、その子のおうちの方から電話があったんだけど、一人で河口湖《かわぐちこ》に行っているらしいんだ。あなたも一人？」

眼鏡《めがね》の奥《おく》の目がまたきらりとあやしく光ったような気がした。

あたしはだまってうなずいた。

「どこから来たの？」

「……H市」

別の市の名前が思い浮《う》かばず、ちょっと答えに詰《つ》まってから、結局あたしは正直に答えてしまった。

「イシバシ君と同じところだ。本当に知らない？　イシバシ君のこと」

完全にあやしいと思われているようだった。でも、あたしは、普通《ふつう》の顔を必死に作りながら、知らないと答えた。

駅員さんは、あたしにここで待っているように言って、部屋の奥の方へ行った。もしかしたら、警察《けいさつ》に電話をしに行ったのではないだろうか。「ここに、事件《じけん》の重要参考人がいます。すぐ、捕《つか》まえに来てください」というように。

あたしは、この場から、逃《に》げたくなった。でも、逃げたら、赤ちゃんへのプレゼントは戻《もど》ってこない。あれをなくしてしまったら、ここに来た意味がなくなってしまう。

そんなことを考えていると、さっきの駅員さんが電話をかけている声がかすかに聞こえてきた。よく、聞いてみると、電話の相手は警察《けいさつ》ではなくてどこかの駅の人だった。あたしの忘《わす》れ物を探《さが》してくれるように頼《たの》んでいる。

駅員さんは、窓口《まどぐち》に戻《もど》ってくると、あたしに、十分経《た》ったらまたここに来てくれと言った。それまでには、忘れ物があったかどうかを確《たし》かめることができるそうだった。あたしは、お礼を言って、その場を離《はな》れた。

お土産《みやげ》コーナーのベンチに行くと、賛晴《さんせい》はうつむいて待っていた。頭が小さく前後に揺《ゆ》れている。寝《ね》ているのだった。賛晴の捜索願《そうさくねが》いが駅にまで届《とど》いているというのに、のんびりしているなあと思ったら、なんだか笑えてきた。

肩《かた》をゆすると、賛晴がびくっとして起きた。

「知らないうちに寝ていた」という賛晴に、「のんびり寝ている場合じゃないよ。賛晴のこと、駅に連絡《れんらく》が来ていたよ」と駅員さんの言っていたことを伝えた。「やっぱりそうなんだ」と賛晴はつぶやいただけで、それほど驚《おどろ》いている様子がない。

「どうする？　駅員さんのところに行く？」と聞くと、

「そんなことしたら、おばさんのところに行けなくなっちゃうじゃないか。それでもいいのか」

賛晴《さんせい》は言った。

「でも、お母さんが心配しているのかもしれないよ」

「いくら母さんが心配しても、ここまで来たら、絶対《ぜったい》、赤ちゃんにプレゼント渡《わた》したい。おれも赤ちゃんの顔を見てみたい。それから、赤ちゃんの名前も知りたい」

賛晴はきっぱり言った。

それを聞いて、あたしは涙《なみだ》が出そうなくらいうれしくなった。心の中で、「ありがとう、賛晴」と言った。でも照れくさいから、口から出た言葉は、「さすが、お兄ちゃん」だった。そして、賛晴が痛《いた》がるくらい強く、肩《かた》をたたいた。

「骨《ほね》、折れたかもー」と、おどけた顔で叫《さけ》ぶ賛晴はいつもの通りだったが、あたしは賛晴とこんなふうにじゃれあえていられることがたまらなくうれしかった。そして、そんなふうに思う自分にびっくりしながら、痛がっている賛晴をまたやみくもにたたいていた。

7――寄《よ》り道《みち》

十分後、あたしは、窓口《まどぐち》に行った。そこには、さっきの眼鏡《めがね》の駅員さんがいて、あたしに気づくと笑いかけてくれた。

「あったよ、あなたの紙袋《かみぶくろ》。次の次の電車に乗せて持ってきてくれるから、四十分後にまた、ここにとりにきてくれる?」

さっきはこわい人のように思えたけど、また、やさしくて親切な人に戻《もど》っているように思えた。こっちに何かやましいことなんかがあると、相手も悪く見えてしまうのかもしれない。あたしは、ていねいにお礼を言って、また、賛晴《さんせい》のいるところに戻った。

あたしたちは、ベンチに座《すわ》り、これからの作戦を考えた。

とにかく四十分間は、先に進めない。かといって、ずっとこのベンチで待っているのも怪《あや》しまれるし、何より退屈《たいくつ》してしまう。退屈せずに、しかも怪しまれずに時間をつぶせる場所をガイドブックの中から探《さが》した。そして、「富士山《ふじさん》世界遺産《いさん》センター」というところを見つけた。そこは、富士山の自然や文化が写真や映像《えいぞう》で分かりやすく紹介《しょうかい》されているという。なにより、入館無料というところがいい。また、そこにはおそらく椅子《いす》もあるだろうし、トイレもあるはずだ。

地図で場所を確《たし》かめ、あたしたちは出発した。

河口湖駅《かわぐちこえき》の前の通りまで出たとき、また後ろを振《ふ》り返った。さっきと同じように、そこには富士山の見事な姿《すがた》があった。そして、さっきと同じように、てっぺんには雲がかかっていた。

賛晴《さんせい》は、ガイドブックの地図のページを広げ、駅の建物のある方向に地図上の駅を合わせて、左右を眺《なが》めた。そして、左側を指さし、「こっち」と、言って歩き始めた。

「お兄ちゃん、待って」

ふたたび兄妹《きょうだい》モードに切り替《か》えるため、あたしは声に出して言った。

そのとき、学校のチャイムの音が聞こえてきた。

「この近くに学校があるみたいだね」

賛晴《さんせい》は、チャイムの音が聞こえてきた方を見て言った。そのチャイムのメロディーは、あたしたちの学校のものと同じだった。あたしもチャイムが聞こえてきた方向を見て、学校らしい建物を探《さが》してみたが、それは見当たらなかった。

しばらく歩くと交差点にさしかかり、上の方に表示板《ひょうじばん》があった。そこには、「富士山《ふじさん》世界遺産《いさん》センター」の表示もあり、あたしたちは安心した。

矢印の示す方向にしたがい左に曲がる。すると、道がまっすぐ、ずっと先まで続いているのが見えた。

「何分くらいでつけそうなの？」

あたしは聞いた。

「たぶんだけど、十五分くらいかな」

「けっこう、歩くんだ」

「時間つぶしにはちょうどいいよ」

賛晴が言った。

しばらく歩くと、道沿《みちぞ》いの建物がなくなり、そこにとつぜんのように富士山《ふじさん》が姿《すがた》を現《あらわ》した。やっぱり、てっぺんは雲に隠《かく》れているけど、あたしたちはびっくりして、立ち止まった。

河口湖《かわぐちこ》の町は、いろいろなところで顔を少し上げてみると、そこに大きな富士山があることに気づく。あたしの住んでいるH市からも晴れた日は富士山が見えるが、大きさはまるで違《ちが》う。当たり前だけど、やっぱり富士山というのは高くて大きい特別な山なんだ。

あたしたちは、富士山を右斜め前に見ながら道を進んだ。

その道は、道路を走る車もほとんどなく、歩道を歩いているのはあたしたちだけだった。しばらくの間、二人ともしゃべらないで富士山を見ながら歩いた。すると、また、賛晴《さんせい》がシィーシィーという歯の隙間《すきま》を使った口笛でさっきの『川のナントカ』という曲を吹《ふ》き始めた。

その歌をよくは知らないから、どんなメロディーなのかいまひとつわからないところがあるが、サビと思われるところのメロディーは覚えることができた。たしかにその部分は川がゆったり流れているような美しいメロディーだった。

サビのメロディーが何回か繰《く》り返されて一曲が終わったようだった。

賛晴《さんせい》は口笛を吹《ふ》くのをしばらく休んだ。

そんなとき、ふっと、賛晴は独《ひと》り言《ごと》を言うみたいにぽつりと言った。

「おれ、母さんに言ってみようかな」

「なにを？」

「父さんと仲直りしてくれって」

「言ってみなよ」

「でも、たぶん、けんかなんかしていないってごまかすんだよ」

「そうそう」とあたしも同意した。

大人は、そうやって自分たちの都合の悪いことはすぐごまかすのだ。

「たしかにどなり合ったりするようなことはしていないんだ。でも、なんだか二人ともお互《たが》いに避《さ》けているみたいで、父さんは、家に帰らなくなってしまったし……。いつ言おうかな」

「今日、帰ったときに言ってみれば」

「たぶん今日は、長いお説教が待っているよ。なんでだまって河口湖《かわぐちこ》なんかに行ったのかって」

賛晴《さんせい》がそう言うと、やっぱり、あたしも責任《せきにん》を感じてしまう。

「ごめん」と言って賛晴を見ると、「平気だよ」と言って、またあの歌の口笛を吹《ふ》き始めた。

何て名前の歌だっけ。

サビのメロディーが二回目に入ったとき、

「あっ、すげえ！」

賛晴が叫《さけ》んだ。

うつむき加減《かげん》で歩いていたあたしが、賛晴の指さす方を見ると、そこには、くっきりとした富士山《ふじさん》の姿《すがた》があった。いつの間にか、てっぺんにかかっていた厚《あつ》い雲が切れて富士山の全体の姿が見えていた。

あたしたちは、そこに立ち止まり、しばらく富士山を眺《なが》めた。

すると、賛晴の口笛が始まった。

メロディーが、さっきと違《ちが》っていた。

少し、聞いていると分かった。題名は忘《わす》れたが、学校で習った富士山《ふじさん》の歌だ。

「もう一回繰《く》り返して」

口笛を吹《ふ》いている賛晴《さんせい》に頼《たの》んだ。

あたしは二回目の初めから賛晴の口笛に合わせて小さな声で歌った。

あたまを雲の上に出し
四方の山を見おろして
かみなりさまを下に聞く

そこで賛晴は、「チャンチャンチャンチャン」と声に出して間を取り、「富士は日本一の山」は、
二人で声を合わせた。
「本当に日本一だね」
「うん。世界遺産《いさん》だもんな」

おばあちゃんの家に行くたびに富士山《ふじさん》は見てきたけど、今日ほど富士山に感動したことはなかった。なんでなんだろうと思ったけれど、それはやっぱり賛晴《さんせい》と一緒《いっしょ》にいるからかもしれない。

もしかして……、と思ったけれど、その先は考えないことにした。

「富士山世界遺産《いさん》センター」についたのは、十五分ほど歩いたあとだった。思った以上に大きく立派《りっぱ》な建物で、中はいくつかの部屋に分かれていて、富士山や富士山に関係のあるものの写真が飾られ、その説明が書かれていた。中央のフロアーでは大きな画面に富士山のカラー映像《えいぞう》が映《うつ》し出されている。説明の言葉は英語だったけど、映像を見ているだけでも十分に楽しめた。

平日の朝なので、館内にいるお客さんはあたしたちとあたしたちの前に座《すわ》っている二人の外国の人だけだった。

「ここにも外国の人がいるね」

空いている座席《ざせき》に座りながら言うと、「あいさつしよう」と賛晴は言い、小さい声で、ハロー、とつぶやいた。

「そんなの聞こえるわけないじゃない」

すると、賛晴《さんせい》は、少しずつ声を大きくしながら、ハロー、を繰《く》り返した。あたしは、ひじで賛晴を小突《こづ》き、やめなさいと合図を送ったが、賛晴はやめなかった。
五、六回目の「ハロー」で、前の一人の女の人が気づき、振《ふ》り返って、「ハロー」と、笑顔《えがお》で答えてくれた。あたしは、ぺこりとおじぎをした。賛晴は、大胆《だいたん》にも、「ハウ　アー　ユウ？」と次の段階《だんかい》に進んだ。
女の人は、何か英語で答えている。途中《とちゅう》に、サンキュウ、の言葉が入ったようにも聞こえたが、なにを言っているのかはもちろんわからなかった。賛晴もきっと同じだ。

「楽しんでいますか！」

賛晴は、そう言って笑った。

すると、女の人の隣《となり》の男性《だんせい》が振り返り、短く何かを言ったが、これに対しても、賛晴は、「楽しんでいますか！」と、言って笑っているだけだった。

女の人は、手を振って会話をおわりにすると、二人ともまた前をむいて、映像《えいぞう》を見始めた。無理やり相手をさせちゃったけれど怒《おこ》ってはいないようだった。

あたしたちは、学校で、コミュニケーション（伝え合い）学習として英語と韓国語《かんこくご》を習っている。その学習のとき、向山《むこうやま》先生は、とにかくコミュニケーションでは笑顔《えがお》が大切なんだから、相手が何を言っているか分からなくなったときは、無理して英語をしゃべろうとせず、日本語を笑顔で話せば、何とか気持ちは通じるものだという乱暴《らんぼう》な教え方をしていた。

たしかに、いま、賛晴《さんせい》の気持ちは通じたみたいなので、向山先生の言っていることは案外正しいのかもしれない。

8——二つの道

あたしたちは、十分間、「富士山世界遺産《ふじさんせかいいさん》センター」で休み、また、駅に戻《もど》った。戻り道は、富士山を背《せ》にして歩くから、ちょっとつまらなかった。もっとも、雲がまたかかってしまい山の上半分を隠《かく》してしまっていたのだが。

駅に着き、賛晴《さんせい》には、また、お土産《みやげ》コーナーのベンチで待っていてもらうことにした。

窓口《まどぐち》に行くとさっきと同じ眼鏡《めがね》の駅員さんがいた。

「横のドアから入ってきて」と言われ、駅の事務室《じむしつ》に入ると、紙袋《かみぶくろ》を渡《わた》された。中を見るとちゃんと赤い靴《くつ》が入っていた。

ノートに受け取りましたというしるしとして名前を書いていると、駅員さんが言った。

「山谷《やまや》さんは、H市から、一人でここに来たの？」

あたしがうなずくと、「ここには、誰《だれ》か知り合いがいるの?」と、さらに質問《しつもん》してきた。

「おばあちゃんがいます。それから、おばさんと、おばさんの赤ちゃんがいます」

駅員さんは何も言わず、じっとあたしの顔を見ているのであせってしまい、聞かれてもいないのに、「おばあちゃんの名前は、山谷《やまや》はつね、おばさんは、純子《じゅんこ》です」と、言った。

赤ちゃんの名前を聞かれたらどうしようと思ったけど、それはなかった。

「イシバシサンセイ君って、知らない?」

駅員さんが、さっきと同じことを聞いた。すると、やっぱりそのときだけは、こわい目つきになるような気がした。

あたしは、何も言わず、ただ首を振《ふ》った。だまっていた方が、余計《よけい》なことを言わないですむ。

「そうか、わかった。気を付けてね」

駅員さんに言われたので、お礼を言って事務室《じむしつ》を出た。そのまま、駅から一回外に出て、振《ふ》り返ってみた。あの鋭《するど》い目つきの駅員さんが、あとをつけてくるのではないかと思ったのだ。絶対《ぜったい》にあやしいと思われているに違《ちが》いない。あたしは、つけられてないのを確《たし》かめてから、もう一つ別の入り口から駅に入り、お土産《みやげ》コーナーのベンチにもどった。

ベンチで待っていた賛晴《さんせい》に事務室《じむしつ》でのことを伝えた。それで、念のために、駅は、ばらばらに出て、駅前の交差点のところで落ち合うことにした。

もっとも、駅の出入り口は二か所あって、あたしたちが今すわっているベンチのすぐ横の出入り口をつかえば、駅員さんと顔を合わせることはない。だから、そこを出ようとしたら、「ちょっと待って」と賛晴に呼《よ》び止められた。

「向こうの出入り口をつかおうよ」

「向こうを通ったら見つかるかもよ」

あたしが言うと賛晴は目をつむってこう言った。

「二つの道があり、そこで迷《まよ》ったら、あえて難《むずか》しい方の道を選ぶ」

「は?」

「ドラマでそういうセリフがあってさ、おれ、それ聞いたときなるほどなって思って……、いつか自分でも言ってみたいと思って……」

賛晴《さんせい》はとたんに自信のなさそうな表情《ひょうじょう》になって言った。

「じゃあ、やれば」

仕方ないか、といった感じを出しながら言ったけど、心の中では、ものすごくわくわくしていた。だって、これが「風花《ふうか》の旅」というドラマだったら、主人公のあたしは、その中でピンチに直面するけれど、それを乗り越《こ》え、大きく成長することになるんだ。だったら、あえて難《むずか》しい道を選ぶしかない。

まず、あたしから出発した。そして、出入り口の手前で立ち止まり、あの目つきの鋭《するど》い駅員さんのいる窓口《まどぐち》や改札口の方をぐるりと見渡《みわた》した。

次に不自然にならないように、小さい声で「次の電車は何時だろう?」と言ってみた。すると、そばにいた女の人が、心配そうな顔でこっちにやって来て、「どうしたの?」と声をかけてくれたので、あわてて、「大丈夫《だいじょうぶ》です。大丈夫です」と答え、かえって目立ってしまった。

ただ、その周りに駅員さんはいなかったので、あたしは、賛晴との打ち合わせ通り、耳に手をやり、耳のひろがった部分を餃子《ぎょうざ》の皮のように折り曲げるサインを賛晴に送った。

「異常《いじょう》なし」とか、「ＯＫ」という意味の合図だ。

なんで、そんなへんてこなサインにする必要があるのか、とこれには断固《だんこ》反対した。でも、賛晴《さんせい》は絶対《ぜったい》にへんてこなサインの変更《へんこう》に応《おう》じようとはしなかった。おそらくそれも以前見たドラマかアニメでやっていたのだろう。

あたしは、先に駅の外に出て、振《ふ》り向かず、そのまま交差点の方に進んだ。信号はちょうど赤になったところで、後ろの方から十人ほどのグループがやってきた。

先頭の人が旗を持っているので、団体《だんたい》旅行客だ。言葉を聞いているとどうも韓国《かんこく》の人たちのようだった。学校でやっているコミュニケーションの学習では、韓国語もやっているので、話されている言葉が韓国語ということは分かった。

外国の人に「ハロー」と話しかけたさっきの賛晴みたいに、こちらから、「アンニョンハセヨ（こんにちは）」とあいさつしてみようか、なんて、考えてみたりもした。

あたしは、英語よりも韓国語の方がなじみがある。それは、安《あん》ちゃんが韓国の人だからだ。安ちゃんは、お父さんの仕事の都合で、三歳《さい》から日本に住んでいるから、どちらの言葉も自由に使える。学校のコミュニケーションの学習では、安ちゃんのお母さんが先生として来てくれているが、あたしの発音は、とてもきれいだとほめられたことがある。それで、ますます韓国語《かんこくご》が好きになったのだ。

隣《となり》にいる黄色いコートを着た少しふっくらとした女の人にあいさつしてみようと思い、タイミングを計った。女の人は、片手《かたて》をポケットの中に入れると何か食べ物をつまみ、それを口に運んでいた。

「アンニョンハセヨ」

思い切ってあいさつしたけど、声が小さすぎたのか、発音が悪かったのか、黄色いコートの女の人は気づかず、何かを食べ続けていた。

がっかりしていると、そこに賛晴《さんせい》がやってきた。

「お兄ちゃん、駅員さんには見られなかった?」

答える代わりに賛晴は耳のひろがった部分を折り曲げた。

OKというサインだ。

「河口湖《かわぐちこ》まではどれくらいでつくんだろう」

「たぶん、十分かからないくらいかな……」

賛晴《さんせい》が言った。

信号が青に変わり、韓国《かんこく》の団体《だんたい》さんたちが固まって交差点を渡《わた》り、あたしたちもそのあとについていった。

渡り切ったとき、賛晴が声を殺して言った。

「やばい、山谷《やまや》」

「山谷って言ったら兄妹《きょうだい》としておかしいでしょ」

「それは、分かってるって、でも、この先にお巡《まわ》りさんがいる」

顔をあげて、先の方を見ると、賛晴の言うとおりだった。

「引き返す?」

立ち止まって言った。

「止まるな! こっち見てる。普通《ふつう》に歩いて」

「きっと、賛晴のこと、こっちの警察《けいさつ》にも電話で連絡《れんらく》がいっているんだ。どうする?」

賛晴は顔を見られないようにしているのか、がっくりと首を折り足元だけを見て歩いている。

立ち止まっていたお巡《まわ》りさんは、こちらに向かって歩きはじめた。どんどん距離《きょり》が近づいている。

どうする？　どうする！

そのとき、あたしの前を歩いているさっきの女の人が手袋《てぶくろ》を片方《かたほう》落としたのが見えた。コートのポケットから食べ物を取り出すときに落ちてしまったのだ。あたしは拾い上げると、黄色いコートの背中《せなか》をトントンとたたいて、手袋を差し出した。

女の人は、それを見て自分が落としてしまったことが分かったらしく、手袋を受け取ると、「アリガト」と、片言《かたこと》の日本語で言った。

あたしも、「チョンマネヨ（どういたしまして）」と答えた。

あたしが、いきなり韓国語《かんこくご》で言ったのでびっくりしたらしい。

手袋のひとは、手をたたいて喜び、そのあと自分の胸に手を当て「ヘヨン、ヘヨン」と言っている。名前なのかもしれない。それを見て、賛晴《さんせい》も同じように胸に手を当て、「サンセイ、サンセイ」と言っている。お巡りさんが近づいているというのにすごい余裕《よゆう》だ。

このとき、あたしは、一《いち》か八《ばち》かの作戦を思いついた。

「お兄ちゃん、知っている韓国語《かんこくご》、全部使ってあたしに話して。あたしたち、旅行で河口《かわぐち》湖《こ》に来ている韓国人の親子になるのよ」

「えっ、どういうこと?」

説明は後回しにして、あたしは賛晴《さんせい》に向かって言った。

「アンニョンハセヨ（こんにちは） チョウム ペプケッスムニダ（はじめまして）」

賛晴は、突然《とつぜん》のことで思い浮《う》かばず、口をもごもごさせているだけだった。

あたしは、「タニョオゲッソヨ（いってきます）」と言った。

すると、賛晴も思い出したらしく、「タニョオセヨ（いってらっしゃい）」と答えた。

先週のコミュニケーションの学習で、安《あん》ちゃんのお母さんに教わったばかりのやり取りだった。

「ト マンナプシダ（また会いましょう）」

あたしが言った。

「チョシメー カセヨ（お気をつけて）」

賛晴が答える。

あたしたちは、手袋《てぶくろ》を落としたヘヨンさんのすぐ後ろまで急ぎ足で追いつき、韓国語《かんこくご》で会話を続けた。

「タニョオゲッソヨ（いってきます）」

「タニョオセヨ（いってらっしゃい）」

「ト　マンナプシダ（また会いましょう）」

「チョシメー　カセヨ（お気をつけて）」

意味のない会話だけど、たぶんお巡《まわ》りさんには分からないと思う。

意識《いしき》しているせいか、向こうからやってくるお巡りさんは、あたしたちの方をちらちら見ているようだった。

あと少しですれ違《ちが》うところで、ヘヨンさんが、あたしたちの方を振《ふ》り向いて、笑いながら何か韓国語で言った。

もちろん、あたしたちには意味は分からなかったけれど、賛晴《さんせい》は、「チョシメー　カセヨ（お気をつけて）」と笑顔《えがお》で返した。

そんな意味のずれた受け答えに対して、ヘヨンさんは、顔に似合《にあ》わない豪快《ごうかい》な笑い方をした。

そして、あたしたちは、

「タニョオゲッソヨ（いってきます）」

「タニョオセヨ（いってらっしゃい）」

「ト　マンナプシダ（また会いましょう）」

「チョシメー　カセヨ（お気をつけて）」

を繰《く》り返し、お巡《まわ》りさんとは目を合わさずにすれ違《ちが》った。

すれ違った後も気にはなったけれど、あたしたちは振《ふ》り返らなかった。

ヘヨンさんは、あいかわらずポケットから何かを取り出し、口に運んでいる。

それから二十メートルほど進んだところでまた交差点になり、信号が赤であたしたちは立ち止まることになった。

賛晴《さんせい》は、両手を上にあげ、伸《の》びをした。そして、そのまま何気なく向きを変えて後ろを見た。

「いる？」

「もう見えなくなった」

あたしは、それを聞くと、へなへなとその場に座《すわ》り込《こ》んでしまった。

すると、目の前にお菓子《かし》の袋《ふくろ》のようなものが出てきた。

顔をあげるとヘヨンさんだった。スナック菓子をくれるらしい。

「食べていいの？」

あたしが身振《みぶ》りをつけて言うと、うなずいている。

あたしは、それを受け取り、袋を破《やぶ》いて中のお菓子を食べてみた。ピリッとした辛《から》さの後に香《こう》ばしいえびの味がした。韓国《かんこく》のえびせんらしい。

「お兄ちゃん、食べてみなよ。ヘヨンさんからのプレゼント」

「あっ、うまい、これ」

賛晴《さんせい》が言った。

たしかに食べ始めると止まらない味だった。さっきから食べているのはこのえびせんなのかもしれない。あたしたちのことを見てヘヨンさんも笑っていた。

それからも、ヘヨンさんの後を歩いた。河口湖《かわぐちこ》へ向かっているらしく、グループの先頭にいる旗を持った人が、ときどきこっちを振《ふ》り返っている。みんな遅《おく》れずについて来ているかを気にかけているのだろう。

下り坂の大きなカーブにさしかかったところで賛晴《さんせい》が突然《とつぜん》、「もしかしたら、母さんは、河口湖《かわぐちこ》までおれを探《さが》しに来るかもしれない」と言った。

「どういうこと？」

「母さん、おれのことになると、ものすごく心配するんだ。河口湖でおぼれているんじゃないかとか……」

「なんで、河口湖で賛晴がおぼれるのよ。十一月に泳ぐ人なんていないでしょ」

あたしが言うと、

「おれの母さんには、そんなの関係ないんだよ。こっちの方が怖《こわ》くなるくらいおれのことを心配している」

賛晴はうつむき、数メートル先の地面をにらむようにして歩いていた。夏休みにコンビニで会ったときの賛晴を思い出した。あのときも今のような表情《ひょうじょう》だった。

「電話して、安心させてあげたら」

「おれもそう思ってた。そうしないと河口湖《かわぐちこ》まで本当に来てしまうかもしれないから。でも、どこに電話があるだろう?」

「駅前にはあったかな?」

「探《さが》したけど、なかった」

賛晴《さんせい》が言った。きっと、賛晴は、ずっと、電話を探していたんだ。

さっき、賛晴があたしにケータイを持っていないか聞いたのも、このためだったんだ。

なんで、肝心《かんじん》なときにバッテリーが切れてしまうんだろう。

あたしが悔《く》やんでいると、賛晴が思い出したように大声を出した。

「山谷《やまや》、学校だよ」

「山谷じゃないでしょ。風花《ふうか》」

「そばに人はいないんだから、少しくらい間違《まちが》えたっていいじゃないか」

「そばに人はいるじゃない」

あたしたちの前には、ヘヨンさんが歩いている。

「分かったよ、風花。それより、学校だよ」

「何が、学校なの？」

「学校に、公衆《こうしゅう》電話があるかもしれない」

賛晴《さんせい》が言った。

なるほど、確《たし》かにそうかもしれない。

あたしたちの小学校には、児童用玄関《げんかん》のすみのほうに公衆電話が置かれている。その電話は、習字道具セットを忘《わす》れてしまい、家の人に学校まで届《とど》けに来てほしいことを伝えたり、学校に残ったままで放課後遊びをしていっていいかを家の人に聞くときに使われる。

そのために、ほとんどの子は、いつもテレホンカードを持っているし、あたしも、いま持っている。

ただ、問題は、どの学校にも公衆電話が置いてあるかということだ。

「だめもとで行ってみる？」

あたしは言った。

「行こう！」

賛晴が少し元気になったようだった。あたしはそれだけでうれしくなった。

9――ビビトタ発見

チャイムは、さっき、駅のすぐ前の通りを歩いているときに右の方から聞こえてきた。そこから判断《はんだん》すると、学校はいまいるところの左の方にあるようだった。そちらの方を見ても学校らしき建物は見えなかったが、とにかく行ってみることにした。

「アンニョンイ　ケセヨ（さようなら）」

後ろから声をかけると、ヘヨンさんは、振《ふ》り返り、あたしが、おじぎをすると手を振ってくれた。

おいしかったよ、と韓国《かんこく》の言葉で言いたかったけど、知らなかったので、えびせんべいの袋《ふくろ》を高くあげて、「おいしかったよー！」と言い、とびきりの笑顔《えがお》をつけた。

左に曲がると、道幅《みちはば》は急にせまくなった。

「今、十時十分なので、あと十分で中休みになる。おれたちの学校の場合だけど。学校に入るんなら、その中休みがチャンスだよ」

賛晴《さんせい》が言った。

小道に入ってからの最初の十字路で、「通学路」の標識《ひょうしき》を見つけた。学校は、かなり近いはずだ。十字路をまた左に曲がり、進んでいくと、かすかに子どものざわめきみたいなものが聞こえてきた。そして、さらに進んでいくと、校庭とそこを走っている子どもの姿《すがた》が見えてきた。

あたしは、リュックサックの中にえびせんの袋《ふくろ》をしまった。

「本当に、学校の中に入るの？」

あたしが聞くと、賛晴は黙《だま》ってうなずいた。

〈二つの道があり、そこで迷《まよ》ったら、あえて、むずかしい方の道を選ぶ〉

さっき、賛晴に教えてもらった言葉を心の中で言ってみた。すると、こわさで足が震《ふる》えそうなのに、いや、本当にすこしだけ、足が震えているのに、心の中は、わくわく、どきどきでいっぱいになるのだった。

裏門《うらもん》らしい門があり、その陰《かげ》に隠《かく》れて、校庭の様子をうかがった。その横を何人かの大人の人が、あたしたちを見ながら、通り過《す》ぎて行った。たしかに、この時間に学校の外から校庭の様子をうかがっている子どもというのは怪《あや》しいはずだ。

「中休みの時間がおれたちの学校と同じだとすると、あと八分もあるよ」

賛晴《さんせい》が言いたいことは分かった。あと、八分間、ここで待っているというのは怪しまれるということだ。あたしも同感だった。そこで、「あの土管の中に入っていようよ」と、あたしは言った。

裏門から十メートルほど離《はな》れたところに、ブランコやジャングルジムなどの遊具があり、その奥《おく》に築山《つきやま》があった。その築山にトンネルのように大きな土管が通っていて、その中に入っていれば、誰《だれ》にも怪しまれない。

ただ、その土管までどうやって行くかだ。

「ダッシュで行けるかな?」

あたしは、「うーん」とうなった。

校庭では、低学年のクラスが体育の授業《じゅぎょう》をしている。それは、鉄棒《てつぼう》の授業だった。何

度も逆上《さかあ》がりを連続してやっている子や、一人ではできずに友だちに手伝ってもらってい
る子などがいた。

「あの先生が、向こうを向いているときにダッシュするよ」

賛晴《さんせい》が言った。

「でも、あの子たちの誰《だれ》かには見られてしまうよ」

「それは、しかたないよ」

「見られたら、たぶん騒《さわ》がれるよ」

「うーん」と、賛晴もうなった。

結局、作戦変更《へんこう》となり、あたしたちは、堂々と歩いて校庭の中に入り、そして土管の中にかくれることにした。

賛晴が考えた作戦はこうだった。

へんにこそこそするから怪《あや》しまれるわけで、堂々としていれば、当然この学校の子どもと思われるはずだ。だから、あたしたちは、算数の授業《じゅぎょう》で学校の色々なものの長さを図《はか》る学習をしているところという設定《せってい》にして、校庭のはじを普通《ふつう》に歩いていくことにした。

本当は巻尺《まきじゃく》があればいいのだけれど、持っていないので、賛晴《さんせい》はポケットの中に入れていたチョコレートの箱をぐるぐる巻きにしていたタコ糸を巻尺代わりにすることにした。

あたしたちは、リュックサックも普通にしょったまま、裏門《うらもん》から校庭の中に入り、まず、門の横のフェンスの高さを図《はか》ることにした。

あたしが、フェンスの一番下にタコ糸の端《はし》を合わせ、タコ糸を伸《の》ばして、賛晴が、上の方を測《はか》った。

「一メートル五十五センチ」と適当《てきとう》に長さを読み、あたしが持っているメモ帳にそれを記録した。

次は、ゆっくり歩いて、ブランコのところまで行き、ブランコの腰《こし》かける板の幅《はば》を測った。

「六十センチ」と賛晴が言い、あたしはそれを書き留《と》めた。

「先生、まだ調べますか?」

校舎《こうしゃ》の方に向かって賛晴は言った。もちろん、そちらに先生がいるわけではない。

たしか、二年生くらいのときに巻尺を使う勉強をした。それをなんで六年生のあたしたちがやっているのかとは思うけど、あたしたちは勉強している子どもになり切り、長さの計測《けいそく》を続けた。その真剣《しんけん》な演技《えんぎ》のおかげなのか、体育をしている先生も低学年の子どももあたしたちの方をちらりとは見たが、怪《あや》しいとは思わなかったようだった。

三番目にあたしたちは、土管のトンネルの直径を測った。

「一メートル十センチ」と、小さな声で言い、そのままあたしたちは土管の中にかくれた。

一応《いちおう》あたしは薄暗《うすぐら》い土管の中でもメモ帳に「一メートル十センチ」と書き留《と》めた。そして、じっとして音をたてないようにして待った。

かすかに、鉄棒《てつぼう》をしている子たちの喜んでいる声や励《はげ》ましている先生の声が聞こえる。あたしたちのことを話している声は聞こえなかった。

どうやら、うまくいったようだった。すると、体の奥《おく》の方から、なんだかうれしさが込《こ》み上げて来て、あたしも賛晴《さんせい》も笑いそうになってしまった。でも、ここで声を出すと誰《だれ》かに聞こえてしまうのでお互《たが》いに声を殺して笑っているのだけど、あたしは、賛晴のその声を殺した笑い方がまた面白《おもしろ》くて、笑いが止まらなくなってしまった。

あたしは、リュックサックの中からまたえびせんを出して食べ始めた。

「風花《ふうか》、こんなところで食べるのか」

「だって、ひまなんだもの」

「すげえ、度胸《どきょう》ある。じゃあ、おれにも、くれ」

えびせんの袋《ふくろ》ごとわたしたら、それを受け取るとき、がさがさという予想以上の大きな音がしたので驚《おどろ》いた。

「しー」と、あたしは言った。

「このえびせん、ピリ辛《から》でうまいな」

「学校で、しかもこうやって隠《かく》れて食べているから二倍おいしくなるんだよね」

「ほんと、ほんと」

あたしたちは、土管の中でえびせんを全部食べ切ってしまった。食べ終わると、土管の中はまた静まり返った。

「電話でなんて言うの?」とあたしは賛晴《さんせい》に聞いた。

「河口湖《かわぐちこ》にいるけど、お昼過《ひるす》ぎには帰るから心配するなって言うつもりだけど、そんなこと言っても母さんは安心なんてしないんだ、きっと」

「河口湖《かわぐちこ》に落っこちてしまうんじゃないかって」

ついそんなふうに冗談《じょうだん》ぽく言ってしまった。

「普通《ふつう》の人からしたら、バカじゃないのって思うようなことを本気で考えているんだよ、母さんは」

土管の中はうす暗くて賛晴《さんせい》の表情《ひょうじょう》はよく分からなかったけれど、きっとこわい顔になっていたんじゃないかと思う。

「前は、もっと冗談とか言ってたんだ。あの頃《ころ》に戻《もど》れたらいいのに」

うつむいている賛晴に「戻れるよ」とあたしは言った。

そしたら賛晴は、「何も知らないくせに」とつぶやき、あたしに背《せ》を向けた。

たしかにあたしは何も知らない。

でも、そうなったらいいねと願いを込《こ》めて「戻れるよ」と言うのは、いけないことなのだろうか。

父さんにも同じようなことを言われた。純子《じゅんこ》ねえねに「おめでとうだけでも言いたい」と頼《たの》んだら、「いろいろな事情《じじょう》があるんだから、しばらくは我慢《がまん》しなさい」と言われた。あたしは何も知らないし、知らされていない。そういうときは、黙《だま》っていたり、我慢《がまん》したりするしかないのだろうか？

あたしの考えは、同じところをぐるぐる回っているだけで、賛晴《さんせい》が元気になれるような言葉を見つけられないことが悔《くや》しかった。

賛晴の丸めた背中《せなか》は、よく見るとゆっくり前後に動いていた。泣いているのかもしれない。

「大丈夫《だいじょうぶ》？」

そっと声をかけると、「ん」とだけ声が返ってきた。近づいて肩越《かたご》しに表情《ひょうじょう》を見ようとしたら、顔の前でスニーカーを持っていた。

「どうしたの？」と聞いてみた。

「どこかに小石が入っているみたいなんだけど」

「えっ？」

「さっきから気になってるんだけど、どこにも見当たらないんだよな」とのんびりしたことを言った。

さっきからそんなことしていたの？　と思ったちょうどそのとき、学校のチャイムが鳴った。

心が苦しくて、泣いているんだとばかり思っていた。ところが、それはあたしの思い込《こ》みだったらしい。実際《じっさい》は、さっきから、スニーカーの中の小石が気になって、それを取ろうとしていたようだった。

なんだよ、心配していたんだぞ！

チャイムの終わりの方のかすかに鳴り響《ひび》く鐘《かね》の音を聞きながら、あたしは、泣きたいような、笑いたいような、とにかく不思議な気分になったけど、「休み時間になってるんだよ、早くして」と、わざときつい言い方をして、それをごまかした。

賛晴《さんせい》は、あわてて靴《くつ》を履《は》きなおしているけど、なんだかその様子も滑稽《こっけい》で、つい、笑いそうになってしまった。そして、こういうところが賛晴のいいところなのかもしれないなんて考えていると、急に胸《むね》がどきどきしてしまうのだった。

あたしたちは、リュックサックを土管の中に置いたまま、そこから出た。校庭では、もう、大勢《おおぜい》の子どもたちが走り回っていた。

「いくよ!」と、言って、あたしは走った。

賛晴《さんせい》は、あたしの後を追いかけるようにして走ってきた。鬼《おに》ごっこをしているような感じだった。あたしは、校庭の真ん中を他の子どもたちにまぎれ込《こ》むようにSの字を描《えが》いて走り、児童用玄関《げんかん》らしいところについた。すぐに賛晴も隣《となり》に来た。

たしかにそこは児童用玄関だった。あたしたちの学校と同じように、靴箱《くつばこ》がいくつも並《なら》び、その前に傘立《かさた》てが置かれている。玄関では、一年生くらいの男の子が二人で、戦いごっこのようなことをしていて、そのそばで、先生らしき大人が、何か作業を行っていた。

玄関の横であたしたちは、その先生の様子を見ていた。

「何やってるんだろう?」

「靴箱に名札《なふだ》はってるみたい」

賛晴はあたしの肩越《かたご》しに玄関の方を見て言った。

「なんで十一月に名札をはるんだろう」

「転校生が来るんじゃないか」

特に興味《きょうみ》はないけどという感じで賛晴《さんせい》が答える。

「でも、一枚《いちまい》じゃないよ。たくさんはってるよ」

「たくさん転校生が来るんじゃないか」

やっぱり興味《きょうみ》はないけどという感じで賛晴が答える。

十一月にたくさんの転校生が一度にやって来て、黒板の前にずらりと並《なら》んで自己紹介《じこしょうかい》しているという絶対《ぜったい》にありえない様子を思い浮《う》かべたら、急におかしくなってしまい、あたしは、くくくっと、声をおさえながら笑った。

「おい、こんなところで笑うな」と賛晴は言ったけど、笑わせているのは賛晴じゃないかと言い返したかった。

ようやく笑いがおさまったとき、先生も名札貼《なふだは》りの作業が終わったようでいなくなった。

男の子たちの戦いごっこはまだ続いていたが、あたしたちはそっと玄関《げんかん》の中に入った。

残念ながら、そこに電話はなかった。

「どうする?」

あたしが聞くと、賛晴は、ずっとその場で戦いを続けている男の子に聞いた。

「ねえねえ。電話ってなかったっけ」

すると、片方《かたほう》が、こっちの方を見た。

「電話を探《さが》しているんだけど」

今度は、あたしが聞いた。

「こっちだよ」と言って、左に入る廊下《ろうか》の方を指さした。あたしたちは、靴《くつ》を脱《ぬ》ぎ、校舎《こうしゃ》の中に入った。男の子についていくと階段《かいだん》があり、その横に緑色の公衆《こうしゅう》電話が置かれていた。

「ありがとう」と言うと、「あんた、だれ」と聞いてきた。電話の場所も知らないのだから、この学校の子どもではないと気づいたのだろう。

「旅人」

あたしがちょっと自慢《じまん》するような気持ちで言うと、「タビビト？　なにそれ？」と片方《かたほう》が大声で言った。もう片方は、「タビビビト？　なにそれ？」と「ビ」を一つ多く言った。

おそらく一年生なのだろう。その一年生には「旅人」という言葉はむずかしいのかもしれない。

「タビビトじゃなくて、タビビト」とあたしが教えると、片方が、「ビビトタ?」と、言って笑った。

どうも、わざと間違《まちが》えているようだった。

もう片方も、「ビビトタ」と、言って笑っている。

あたしもそれにあわせて、「ちがうちがうトタビビ」と言ったら、「ちがうちがうビビトタだよ」「学校にビビトタ発見」などと叫《さけ》びながら、走って、どこかに行ってしまった。

二人が走って行った方を見ながら、ちょっとまずかったかなと思った。先生を呼《よ》んで来たらめんどうなことになる。

二人の相手をしている間に、賛晴《さんせい》は、あたしから借りたテレホンカードで家に電話をかけていた。

受話器を耳に着けた状態《じょうたい》でつながるのを待っている。しかし、賛晴はなかなか話し出さなかった。

「ずっと話し中だ」

賛晴は受話器を置いた。

「あたしも電話する。安《あん》ちゃんのところ。聞きたいことがあるから」

そう言って、受話器をあげ、もう一度テレホンカードを入れて番号を押すと、コール一つ目でつながり、安ちゃんが出た。まるであたしからの電話を待っていたかのようだった。

「安ちゃん、教えてほしいんだけど、韓国語《かんこくご》で、『おいしい』ってなんて言うの？」

「なによ、いきなり」

「さっき、韓国の人に、お菓子《かし》もらって、それがおいしかったから。もしかして、また、会えたら、おいしいってこと伝えたくて」

「風花《ふうか》は、いま、家じゃないの？」

「うん。今、河口湖《かわぐちこ》にいるんだけど」

あたしが、そう答えると、「えーっ！」と、安ちゃんが叫《さけ》んだ。

「もしかして、賛晴《さんせい》と一緒《いっしょ》？」

「えっ！」

今度は、こっちが驚《おどろ》く番だった。どうして、それがわかったのだろう？

「賛晴もそこにいるんだ」

安《あん》ちゃんは、そのことを確信《かくしん》したかのような言い方をした。

「いるけど、なんで、分かったの」

「だって、賛晴《さんせい》のお母さんから、電話があったんだもの。賛晴が、河口湖《かわぐちこ》に行っているらしいけど、そのことで何か知らないかって。クラス全員の家にかけているみたいなこと言っていたよ」

あたしは、安ちゃんに、ちょっと待ってて、と言って、通話口を手で押《お》さえると、いまのことを賛晴に手短に話した。賛晴は、顔をゆがめて、苦しそうな表情《ひょうじょう》になった。あたしは、また、通話を続けた。

「ごめん、賛晴の……」と言いかけたけど、安ちゃんは、あたしのことばをおしのけて、

「ちょっと、風花《ふうか》。なんで、風花と賛晴が河口湖に行っているのか、教えなさいよ」と言った。

「分かった、あとで、必ず言うから。今、あんまり時間ないんだ……」

「絶対《ぜったい》だよ。それからさ、賛晴に伝えておいて。お母さん、河口湖にこれから行くそうだよ」

あたしは、そのことを賛晴《さんせい》に言った。すると、賛晴は、電話を替《か》わってと言って、受話器を取った。

「安《あん》ちゃん、おれんちに電話してくれないかな。あとで、必ず電話するから、河口湖《かわぐちこ》には来なくていいって」

賛晴が、そう言ったとき、チャイムが鳴った。中休みが終わったのだ。

「学校で電話を借りている……………知らない学校……………チャイム鳴ったからもう電話切らないと………分かった、伝えておく」

賛晴は、受話器を置いた。

あたしたちの横には、休み時間が終わって教室に戻《もど》る子どもたちの流れができていた。

「戻ろう」

あたしたちは、この学校の子どもたちの流れに逆《さか》らって、靴《くつ》の置いてある児童用玄関《げんかん》に向かった。

すれちがう何人かは、あれっ？　という顔をしてあたしたちを見た。見慣《みな》れない顔だなと思ったのだろう。でも、声をかけられることはなかった。

校庭に出て、走って築山《つきやま》に向かっていると、「タビビト、がんばれ」と言う声が聞こえた。

ふりかえると、教室の窓《まど》からさっきの二人の男の子たちが手を振《ふ》ってくれていた。

「ありがとう」

後ろ向きで走りながら、手を振ってこたえていると、二人の男の子のそばにいた子どもたちも、窓から身を乗り出すようにして、手を振ってくれた。そして、「タビビト、がんばれ」と口々に叫《さけ》んでくれている。

あたしたちの旅の目的なんて誰《だれ》も知らないはずだけど、こんなふうにあっという間に、「タビビト、がんばれ」の大合唱になると、とにかくがんばらなくてはならないという気持ちにさせてくれる。

あたしと賛晴《さんせい》は、ぴょんぴょんと、飛《と》び跳《は》ねながら手を振り、そして、土管に向かった。まるで、スターになった気分だった。

置いていたリュックサックをとって、土管の外に出ると、授業《じゅぎょう》が始まったのか、もう手を振っている子は誰もいなかった。もちろん、校庭にも遊んでいる子は誰もいず、体育

着を着た子が、ハードルを並《なら》べていた。あたしたちも、ちょうど今、体育では、ハードル走をやっているので、もしかしたら、六年生かもしれない。

あたしたちは、門に向かって走った。

そのとき、「おーい、君たち！　イシバシ君かー？」と言う声が聞こえた。

振《ふ》り返るとさっきの児童用玄関《げんかん》で白髪《しらが》の男の人が叫《さけ》んでいる。

「なんで……？」とあたしがつぶやいているうちに、賛晴《さんせい》は、走り去ってしまった。あわてて、そのあとを追いかけた。

「イシバシ君、待ちなさーい」

後ろの方から声が追いかけてきたが、あたしはもう振り向かず、とにかく走った。賛晴も、本気で走っていて、あたしとの距離《きょり》がどんどん開いている。賛晴は角を曲がり、姿《すがた》が見えなくなった。見失わないようあたしも必死で走った。

10――パワーストーン

賛晴《さんせい》は、角を曲がったそのずっと先で待っていてくれた。あたしが追いつき、ハアハアと息を整えていると、賛晴は、建物の陰《かげ》から学校の方をそっとのぞき、追ってくる人がいないか確《たし》かめた。

「大丈夫《だいじょうぶ》みたい。でも、とにかく、ここから離《はな》れよう」

賛晴も息が荒《あら》くなっていた。

あたしたちは、さっき、ヘヨンさんと別れた場所まで歩いて戻《もど》った。

「あの、白髪《しらが》の人、校長先生かな」とあたしは聞いたけど、賛晴は、何か考え事をしているようで、それには答えなかった。

「あの人、なんで、賛晴の名前を知っていたんだろう?」

「母さんが電話したんだよ、きっと」

「なんで、あたしたちが、あの学校に行くのが分かったの？」

「母さんは、思いつくところは全部、電話してるんだよ。駅も学校も、当然、警察《けいさつ》には一番に電話しているはずだけど」

「すごいね」

「すごいんだよ」

賛晴《さんせい》は無表情《むひょうじょう》で言った。

「あっ、それから、風花《ふうか》に『マシッソ』って伝えてくれって、安《あん》ちゃんが。『マシッソ』って何？」

賛晴は思い出したように言った。

「韓国語《かんこくご》で、『おいしい』っていう意味。ヘヨンさんに会ったら、あのえびせん、おいしいって言おうと思って」

「そんなにうまく会えるかな？」

「可能性《かのうせい》ゼロではないから」とあたしは言った。

道を下りきって左に曲がると河口湖《かわぐちこ》が見えてきた。

ここまでの道はあたしは初めて歩くところだったけど、ここから先の景色はなじみのあるものだった。少し歩くと、桟橋《さんばし》があり、いくつものスワンボートが見えてきた。

「去年の夏、あれに、純子《じゅんこ》ねえねと乗ったんだ。なつかしい！」

あのときの楽しさがよみがえってくる。スワンボートに乗り込《こ》むと自転車と同じペダルがあり、それをこいで進んでいくのだけれど、必死にこいでもなかなか進まないのだ。まるで筋力《きんりょく》トレーニングをやっているかのようなボートに、あたしと純子ねえねは笑い続けた。

「純子ねえねって、どんなひとなの？」

どんなひとなの？　と聞かれると、なんて答えたらいいのか迷《まよ》ってしまう。やさしい、とか、一緒《いっしょ》にいると楽しい、とか、そんな言い方しかできない。

「あたしの恩人《おんじん》なんだけど……」

あたしは、さっき、電車の中で、賛晴《さんせい》に話したことの続きを思い切って話してみることにした。

「五年生になったばかりのころさ、社会科で都道府県クイズってやったでしょ。あのとき、『ほうとう』っていうのが、ヒントで出て、あたしは、その第一ヒントで、山梨県《やまなしけん》っていうのを当てたんだけど、『ほうとうはふるさとの味』って教えてくれたのが、ねえねなの」と言いながら、どこからどこまで話せば賛晴《さんせい》にわかってもらえるのか迷《まよ》っていた。

「それで……?」

「それで、クイズを第一ヒントで当てて、なぜか、自信がついちゃって勉強とかがんばるようになったの。そのきっかけを作ってくれたのが純子《じゅんこ》ねえねなの。わかった?」

「よく分からん。なんで、それが恩人《おんじん》になるの」

賛晴は言った。

たしかに、自分でもうまく説明できていないなと思った。でも、あの小さなことがきっかけであたしが大きく変わったのは事実なのだ。

「あたしってさ、いま、授業《じゅぎょう》でもよく手をあげるし、言いたいことを言っているでしょ」

「たしかに。言い過《す》ぎているところもあるけど」

贊晴《さんせい》が言った。

文句《もんく》をつけたいところだったけれど、ぐっと我慢《がまん》して、あたしは続けた。

「あたしが、いまのあたしになったのは、あのクイズがきっかけだったんだ。三、四年生のころのあたしって、手もあげられないし、思っていることがあっても、何も言えなかったんだ」

ところが、贊晴は、あたしの言っていることが、ピンとこないようだった。

「そうだっけ？　風花《ふうか》は、三、四年のころから、けっこう活発な方だったじゃないか。授《じゅ》業《ぎょう》で手をあげていたかは、よく、覚えていないけど」

贊晴が、そう言うのを聞いて、今度はあたしがびっくりした。三、四年生のころのあたしは、けっして活発な子ではなかったはずだ。あのころのあたしは、思っていることがあっても何も言えず、そんな自分が嫌《いや》でたまらなかったのだ。活発になったのは、五年生になってからだ。けれど、贊晴がうそを言っているようにも思えない。誰《だれ》かほかの人と間違《まちが》えているのだろうか。

それは十分にあり得ると思った。いつもぽわんとしているから、誰かと勘違《かんちが》いしているのだ。きっとそうに違《ちが》いない。

「ねえ、もう一回、聞くけど、あたし、三、四年の頃《ころ》はおとなしかったでしょ」

「そうかなあ、山谷《やまや》は、三、四年の頃も今も、そんなに変わってないと思うけど」と賛晴《さんせい》は言った。

「そんなことないよ。賛晴は、きっと、誰《だれ》かほかの人と勘違《かんちが》いしているんだから」

あたしが、そう言うと、「三、四年の頃の自分がどうだったのかなんて、そんなに大事なこと？」と聞き返された。

他人からすれば、どっちだっていいようなことなのかもしれないけど、あたしにとっては大きな問題だった。

あたしは、五年生の初めの、あの都道府県クイズをきっかけに、劇的《げきてき》に自分が変身したと思っていた。そして、変身できたということが、自分はもっともっと変わっていくことができるという自信につながって今の自分になっている。

それなのに、昔も今も、ほとんど変わっていないということになったら、今のあたしの中にある自信のかたまりは、ただの勘違いから生まれたことになってしまう。そうだとしたら、いずれどこかから空気が抜《ぬ》けてしまい、しわしわのしょぼくれた自信になってしまうかもしれない。

そんなことをぐだぐだ考えていると、賛晴《さんせい》が、「もう、行こうよ。ラベンダーショップは、もう少し先の方だよ」と言った。

岸壁《がんぺき》につながれて、波に揺《ゆ》られているスワンボートをよく見ると、白いペンキがはがれていた。お客さんの乗っていないスワンボートの群《む》れは、どれも、みんな疲《つか》れて、元気のないような表情《ひょうじょう》をしていた。まるで、いまのあたしみたいだと思った。

「ちょっと待って。もう一回聞きたいんだけど……」

あたしは、歩き始めた賛晴に向かって言った。

「三、四年の頃《ころ》のあたしって――」

「しつこいよ。何度同じことを聞くんだよ。今、そんなこと、どうでもいいだろ」

賛晴がどなった。

「どうでもよくないから聞いているんでしょ。ちゃんと、答えてよ」

あたしも完全に頭に来てしまった。

「おばあちゃんの家に行くんだろ。関係ないことは後回しにしろよ。おれだって、暇《ひま》なわけじゃないんだから」

「だったらどうぞ、ここでおわりにして。あとは、あたし一人で行けるし、お母さんが心配しているんだから、早く帰ってあげなさいよ」

売り言葉に買い言葉だった。

賛晴《さんせい》は、いまにも泣き出しそうな顔をしている。

「何か、言い返しなさいよ！」

思い切りにらんだ。すると、賛晴は、だまってあたしの方に向かってきた。ぶたれるのかと思って、身構《みがま》えると、あたしの横を何も言わずに、そのまま通り過《す》ぎていった。

「ちょっと。逃《に》げないでよ」

あたしは、賛晴の背《せ》に向かって言ったけど、何も答えず、そのまま来た道を歩いていった。

本当に帰っていくようだった。

「こっち向いてよ」と心の中で言いながら、賛晴の姿《すがた》を目で追った。あたしは、「こっち向いてよ」を何度も心の中で繰《く》り返したが、賛晴《さんせい》に聞こえるはずもなく、こちらを振《ふ》り返ることはなかった。

湖に沿《そ》って左に曲がっていく一本道なので、しばらくすると賛晴の姿《すがた》は、建物の陰《かげ》に隠《かく》れて見えなくなってしまった。

もしかして、戻《もど》って来はしないかと思い、しばらく姿の見えなくなったあたりを見続けていたけど、無駄《むだ》だった。

タビト、がんばれって、さっき言われたばかりじゃない！

ここで帰って、旅をもうおしまいにする気なの！

無責任《むせきにん》、自分勝手！

といろいろ心の中で悪口を並《なら》べてみたけど、さっきの怒《いか》りはもうどこかに行ってしまい、気持ちは沈《しず》み込《こ》んでいくばかりだった。

冷静になって考えたとき、いけないのはやっぱりあたしの方かもしれない。

五年の最初の都道府県クイズであたしは変身した。少なくとも、あたしの中では、そうなっている。そして、クラスのみんなもきっとそれに気づいていると思っていた。きっかけがクイズだったことまでは知らなくても、あたしが変身して活発になったことは当然気づいているものだと考えていた。

けれど、それは、自分だけの勝手な思い込《こ》みだったのだろうか。あたしが、自分で都合《つごう》のいい物語をつくったということなのだろうか。

もし、そうだとしたら、あたしが思っているあたしって本当のあたしとは違《ちが》っているのだろうか？

だったら、本当のあたしって何だろう。

考えているうちに頭の中がこんがらがってしまった。

さっきまで、「風花《ふうか》の旅」だなんて自分で言って、何か大切なものを発見するつもりでいたのに、実際《じっさい》は、本当のあたしが何なのかどんどん分からなくなってしまっている。

これではいけない。なんとかしなくてはいけない。

とりあえず考えるのはやめにして、ラベンダーショップに向かうことにした。

一人きりだと、やっぱりよくない。考えが深みにはまってしまう。賛晴《さんせい》がそばにいてほしいと思った。

途中《とちゅう》で、あたしは、何度も何度も立ち止まっては振《ふ》り返り、賛晴《さんせい》の姿《すがた》が見えないか探《さが》したけれど、期待したことは起こらなかった。

ほどなくラベンダーショップに着いた。

車で来るときはこの店の前の駐車場《ちゅうしゃじょう》を利用する。だから、ここからならたぶんおばあちゃんちまで歩いて行けると思うのだ。

車ならわずか五分で着くし、途中に大きなほうとうのお店があったのを覚えている。そのお店を過《す》ぎたら、右に一回曲がり、左に一回曲がったと思う。たぶん、それで着くはずだ。

もし、賛晴がいたら「おいおい、ここからの道順もあやふやなの？」とあきれてしまうに違《ちが》いない。

あたしは、一人では何もできない。

とにかく、このラベンダーショップで、大きなほうとうのお店がどこにあるかを聞こうと思った。

店の中には、ラベンダーのほかにも、色とりどりの花が置かれていた。また、花だけでなく、ハーブの鉢植《はちう》えもあった。いきなり、道を聞くというのもおかしいような気がして、あたしは、お花を見て回った。

店の奥《おく》の方に行くと、テーブルにいくつかの籠《かご》が置かれ、そこに、鮮《あざ》やかな色をした石が種類ごとに分けておかれており、手書きの説明が添《そ》えられている。

パワーストーンというものらしい。

さまざまな石の中で、あたしが一番きれいだと思ったのは、紫色《むらさきいろ》をしたアメジストと言う石だった。

説明には、〈この石を身につけることによって、あなたは、「真実の愛」を見つけることができるようになり……〉というようなことが書かれていた。

いろいろ見ていくと、「いちずな愛」とか「献身的《けんしんてき》な愛」とあり、とにかくパワーストーンの多くは愛に関係しているらしい。

しかし、なかには、「愛」という言葉が使われていないものもある。たとえば、薄《うす》オレンジ色をしたアラゴナイトというパワーストーンがそれだ。その説明には、こうあった。

〈石から出る柔《やわ》らかい波動に包まれ、気持ちが落ち着きます。つい、人にきつい言葉を言

ってしまう人もこれを握《にぎ》って深呼吸《しんこきゅう》をすれば、トラブル回避《かいひ》OK〉

えっ、こんなのあるんだ、と思ってあたしは、そのアラゴナイトを手に取って握ってみた。そして、ゆっくりと深呼吸をしてみる。

すると、不思議なくらい気持ちがすーっと落ち着いてきた。

考えてみれば、賛晴《さんせい》が怒《おこ》るのは無理もない。あたしは、思い込《こ》みの強すぎる人間なんだ。そして、自分が決めたことを人に押《お》し付ける。兄妹《きょうだい》のふりをしようと言って、気の進まなかった賛晴を無理やりお兄ちゃんにしてしまった。

だいたい、一人では、電車にさえ乗れないあたしが、ここまで来ることができたのは、すべて、賛晴のおかげなのに、そのことに感謝《かんしゃ》さえしていない。

それに、賛晴は、お母さんのことも気になっているのだろう。

そういったことが分かっているのに、意地《いじ》っ張《ぱ》りなところがあって、謝《あやま》るということができない。でも、いま、ここに賛晴がいてくれたら、あたしは本当に素直《すなお》な気持ちで謝りたい。

握っていた手を開いてアラゴナイトを見た。こんなに素直になれたのはこの石のパワーなのだろうか。説明書きにもう一度目をやるとはじの方に二百円と値段《ねだん》が出ている。

「安っ！」と思わず口にしてしまった。値段に驚《おどろ》くなんて、なんだか神聖《しんせい》な石に申《もう》し訳《わけ》ないような気がしたが、握《にぎ》りしめたアラゴナイトをそのままレジにもっていって買うことにした。

「これ、お願いします」と言って、アラゴナイトと二百円を店の人に渡《わた》した。お店の人は石を小さな紙袋《かみぶくろ》に入れて、テープで封《ふう》をして渡《わた》してくれた。

受け取るときに、この近くに、大きなほうとうのお店はないか、聞いてみた。

「大きなお店は二つあるけど、どっちも、湖を渡らない方、南側だよ」

「ここからだと、どっちへ行くんですか？」

あたしは聞いた。

「前の道を左に行って、次の大通りを湖じゃない方に曲がるのさ。でも、近くはないよ、どっちも。だって、歩きでしょ。けっこうかかるよ。ところでさ、お嬢《じょう》ちゃん、今日、学校どうしたの？」

「今日は学校は休みなんです。だから、おばあちゃんのところに遊びに来たんです」と答え、軽くおじぎをしてレジをはなれた。

これでだいたいの道は分かった。大きなほうとうのお店に行くには、大通りを湖じゃない方に曲がればいいのだ。

店を出ようとしたとき、あたしと入れ替《か》わりに、お店に入ろうとしている人がいて、顔を見たら、さっきの黄色いコートを着たヘヨンさんだった。おたがいに、「オー！」という声をあげた。

あたしは、背負《せお》っているリュックサックをおろし、中からさっきもらったえびせんの空《あ》き袋《ぶくろ》を取り出した。そして、「マシッソ　マシッソ」と言い、胸に手を当て「フウカ、フウカ」と言って名前を伝えた。

ヘヨンさんは、あたしのことばに激《はげ》しくうなずいてくれている。ちゃんと意味が通じているに違《ちが》いない。そして、早口で、何かしゃべると、斜《なな》めがけにしているポーチより少し大きいくらいの黒い鞄《かばん》のファスナーを開け、中から、さっきと同じえびせんの袋を二つも取り出した。それほど大きくもない鞄からえびせんの袋が二つも出てくるのは、手品か魔《ま》法《ほう》としか思えなかった。

あたしは驚《おどろ》きながらも、首を激《はげ》しく振《ふ》り、いらないということを伝えた。

ヘヨンさんは、いかにも残念という表情《ひょうじょう》をして、一つだけカバンにしまったが、もう一つは押《お》し付けるようにしてあたしにくれた。

「カムサハムニダ（ありがとう）、アンニョンイ　ケセヨ（さようなら）」

あたしはえびせんの袋《ふくろ》を持った手を振り、店を出た。

さっき、お店の人に教えてもらった方向に進もうとすると、「フウカ、フウカ」と叫《さけ》んでいる声がした。お店の方を振り返ってみると、ヘヨンさんが、顔をしかめて何か叫《さけ》びながら、片手《かたて》の親指を横向きにして、右の方を示《しめ》していた。

あたしに反対に進めと言っているらしい。

でも、反対側は、さっき通ってきた道だ。駅の方に戻《もど》ることになってしまう。

「あたしは、こっちに行かなくちゃダメなの」と日本語で言ったが、おばさんは頑《がん》として聞かず、親指を横向きにして、やっぱり右の方を示した。

「ＯＫ」とあたしは言い、しぶしぶさっき来た方に戻ることにした。

少し、歩いて、振り返ってみると、ヘヨンさんはまだ店の前にいて、黒い鞄《かばん》に手を入れ、ごそごそと中をかき回している。また、何かを取り出そうとしているのかと思い、見ていると、空中に何かをまいているようなしぐさをしながら、呪文《じゅもん》のようなものを唱《とな》えている。それは、たとえて言えば、昔話の花咲《はなさ》か爺《じい》さんが、枯《か》れ木に花を咲かせましょうと言って灰《はい》をまいているような感じだった。

「なんだろう、あれ」と、あたしは、つぶやいてみたけれど答えてくれるはずの賛晴《さんせい》はそこにはいなかった。

何かをまくしぐさをさらに三、四回繰《く》り返した。そのとき、黄色いコートが光を反射《はんしゃ》し、金色に輝《かがや》いた。その後、ヘヨンさんは、天に向かって短い言葉を発した。そして、あたしに向かってにっこり笑い、さようならというように手をあげ、店の中に入って行った。

不思議な人だった。

マジシャンかもしれない。もしかしたら、神様とか……、でも神様がどうしてあんなにえびせんをたくさん持っているのだろうか。とにかく謎《なぞ》だ。

あたしは、とりあえず言われたとおりにさっきの道を戻《もど》った。

しばらく歩くとベンチが見えてきた。

ヘヨンさんには悪いけど、あのベンチで少し休んだら、もう一度引き返そうと思った。ヘヨンさんに見つからないように店の前を通りすぎ、大きなほうとうの店をめざさなくてはならない。

ベンチに腰《こし》を下ろすと、思わず、「はあー」という声が出てしまった。こんなにたくさん歩いたのは久《ひさ》しぶりだから、思ったよりも疲《つか》れているようだった。

両方の靴《くつ》を脱《ぬ》ぐと靴下を通してひんやりした空気を感じられた。

靴を脱いだまま、しばらく足をぶらぶらさせていたら、電車の中で賛晴《さんせい》が左右の靴を反対に履《は》いていたのを思い出した。

はたして、賛晴が言ったように「しっくりする」ものなのだろうか。

試《ため》そうとするけど、なんだか抵抗《ていこう》がある。六年生としての常識《じょうしき》というか、そういう越《こ》えてはいけないものを越える怖《こわ》さというか……。

あたしは、まず右足を恐《おそ》る恐る左用のスニーカーに入れてみた。続いて左足も右用に入れてみる。目を閉《と》じ、気持ちを足に集中して、履き心地《ごこち》をさぐってみた。

たしかにしっくりするという感じがしないでもない。

足のひらの外側がスニーカーの土踏《つちふ》まずにあたり、そこが盛《も》り上がっている分、少し押《お》さえつけられるような感じがするのだった。その締《し》め付《つ》けは気持ちいいとも言えるし、気になるとも言える微妙《びみょう》な感じだった。

テレビタレントがグルメレポートでごちそうの味を伝えるような感じで、あたしも目をつむりながら、感じていることを頭の中で必死に言葉にしようとした。

「けっこうしっくりするだろ」

突然《とつぜん》声をかけられ、びっくりした。

賛晴《さんせい》の声だった。

いきなりだったので、言葉が出ない。少しおくれて、「うん」とあたしは言った。

今まで、左右を反対に履《は》くなんてこと、気持ち悪いに決まっているから、試《ため》そうという気も起きなかった。ところが、実際《じっさい》にやってみると、しっくりくるところも確《たし》かにあり、新鮮《しんせん》な驚《おどろ》きだった。

「でも、六年生にもなって、左右反対で履いていると恥《は》ずかしいからな、人前ではやらない方がいいぞ」と賛晴は余計《よけい》な忠告《ちゅうこく》までしてくれた。

ばーか。そんなこと……、と言いかけて、この言い方がまずいんだと思い、あわててポケットの中にしまっていたアラゴナイトを包み紙ごと握《にぎ》った。

ここでは、戻《もど》ってきてくれてありがとう、と言うべきだ。それなのにアラゴナイトを握っていてもその言葉は恥《は》ずかしくて言えなかった。包み紙の上からでは、パワーが半減《はんげん》するのだろうか。

「遅《おそ》いよ、来るのが」

ぎりぎり言えたのがこのことばだった。

「ごめん」

賛晴《さんせい》が先に謝《あやま》り、「ごめん」とあたしも謝った。

そして、あたしは不思議なあのヘヨンさんにも感謝《かんしゃ》した。ヘヨンさんはこうなるのが分かっていたのだろうか。やっぱり神様なのかもしれない。

11——アラゴナイトの力

あたしは、スニーカーを履《は》きなおし、賛晴《さんせい》を連れてラベンダーショップに戻《もど》ることにした。あたしがヘヨンさんのことを神様ではないかと言ったからだ。

ありえないと賛晴は言ったけど、ヘヨンさんには会って、えびせんのお礼が言いたいということで、店の中に入り、探《さが》してみた。

店内をざっと見まわしたけどヘヨンさんの姿《すがた》はなかった。念のためにさっきレジでアラゴナイトの会計をしてくれた女の人に聞いてみると、黄色いコートを着た人なんて店には来ていないということだった。

「店に入らないで帰っちゃったのかな?」

「いや、入るところをちゃんと見たもの」

そう言ったけど、賛晴《さんせい》はあたしの見間違《みまちが》えではないかと思っているようだった。

仕方ないので、ラベンダーショップを出て、あたしたちはおばあちゃんの家に行くために、大きなほうとうのお店をめざして歩いた。

歩きながら、ずっとヘヨンさんのことを考えていた。

考えてみれば、あの手袋《てぶくろ》を落としたのも、わざとやってくれたことかもしれない。そして、あたしに韓国語《かんこくご》を話すアイデアを思いつかせたのだ。

また、あたしたちがけんかをしているのに気づいて、仲直りをさせるために来てくれたのだ。

あたしたちは、神様に守られているのだ。

そこまで考えて、いや待てよとも思った。また、あたしの勝手な思い込《こ》みかもしれない。

それはあたしのいけないところだと、さっき、反省したばかりなのに。

ここは、アラゴナイトで気持ちを落ち着かせようと思った。

あたしは、ポケットの中に手を入れ、賛晴に気づかれないように包み紙を破《やぶ》ろうとしたけど、それはけっこうむずかしかった。ごそごそやっているあたしに気づいて、「何やってるの？」と賛晴《さんせい》が聞いてきた。

あたしは、くしゃくしゃになった包み紙をポケットから出し、中から石を取り出した。

「これ、さっきのお店で買ったパワーストーン。アラゴナイトっていうの」

「それ、なんかのおまじないに使うもの？」

「ちょっと、ちがう。これを握《にぎ》っているとね、気持ちがやさしくなるの」

「ほんとかよ？」

いかにもあやしいぞという表情《ひょうじょう》で賛晴は言うので、「パワーストーンなんてあたしもこれまで興味《きょうみ》、全然なかったけど、このアラゴナイトは別！　握っていると不思議な力を感じるの」と言い切った。

「うっそー」

「じゃあ、試《ため》してみ」

あたしは言って、その場で立ち止まった。

「どうすんの？」

あたしは、自分が今、右手で握っているアラゴナイトをもう一度強く握りしめてから、ゆっくり指を開いて賛晴《さんせい》に見せた。

「なんか、すごそう」

「すごいんだから」

「でも、なにがすごいのさ」

「心が、落ち着くの」

あたしがそう言うと、賛晴は、「地味だなあ」と言った。

「地味でも大切なことなの。それから、これを握《にぎ》って」

賛晴はどう握ったらいいのか迷《まよ》っていた。

「手を合わせて」

ほんとは、そんなことを言うつもりはなかったのに、なりゆきみたいな感じでそう言っていた。そんな自分を意外に思いながらも、あたしはこれを楽しんでいた。

「えっ、えっ?」と言って、賛晴は目を白黒させている。そんな賛晴を見て笑いそうになったけど、なんとかこらえて繰《く》り返した。

「手を合わせて」

贊晴《さんせい》は、右手にするのか左手にするのかを迷《まよ》っていた。

「どっちでもいいから」とあたしはせかす。

あたしは、右の掌《てのひら》にアラゴナイトを置いていたので、贊晴は左手を上からふたをするようにかぶせた。それは、手の大きさを比《くら》べるような感じで、あたしの親指に贊晴の親指が重なり、人差し指に人差し指を重ねるような感じになった。贊晴は恥《は》ずかしがって指を浮《う》かせるようにしているのであたしの方から手を持ち上げるようにした。

「アラゴナイトから波動が来ている?」

「わかんない」

「落ち着いてきた?」

「いや、どきどきしてる」

「あたしも」

さっきまでは、すごく落ち着いていたのに、手が合わさったら、やっぱりどきどきしてきた。

「だめじゃん」と贊晴は言って、手を離《はな》そうとした。

「待って」

離《はな》れていこうとした賛晴《さんせい》の手をぎゅっと握《にぎ》った。賛晴がびっくりしてあたしの方を見ている。あたしは、見返すことができなくて正面に立っている銀杏《いちょう》の大きな木に焦点《しょうてん》を合わせた。

「あの木を見て深呼吸《しんこきゅう》するの」

あたしは大きく息を吸《す》い、息をはいた。

賛晴も銀杏の木に視線《しせん》を移《うつ》し、深呼吸を始めた。

「落ち着いてきた？」

「いや、どきどきしてる」

あたしもどきどきが止まらない。でも、まだ、賛晴と手をつないでいたかったので、だまっていた。

そのときだった。湖の方からものすごい風が吹《ふ》いてきて、銀杏の木に残っていた黄色く色づいた何千枚《まい》もの葉が、まるで生き物のように空高く舞《ま》い上がった。風に吹かれて舞い上がった葉は、一つひとつがくるくると回転し、それが日の光を反射《はんしゃ》し金色に輝《かがや》きながら、

大きく弧《こ》を描《えが》いて地面に落ちてきた。ほんの一瞬《いっしゅん》の出来事だったけど、あたしたちは手をつないだままそれを見ていた。

「すげえ、これ、アラゴナイトの力？」

賛晴《さんせい》が言った。あたしは、だまって首をかしげた。

「じゃあ、偶然《ぐうぜん》？」

賛晴はそう言って、視線《しせん》を自分の左手に戻《もど》すと、手を握《にぎ》っていたことにやっと気づいたような驚《おどろ》いた顔をしている。

それを見たら、あたしも恥《は》ずかしくなり手を離《はな》した。その拍子《ひょうし》にアラゴナイトがアスファルトに転がり落ちた。

「あ、ごめん」

賛晴が言った。

あたしは、アラゴナイトを拾うとポケットに入れた。

「気持ち、落ち着いた？」

そんなふうに聞いてみたけど、賛晴は首をかしげただけだった。

「あたしも同じでどきどきした」

正直にそう言って、残念そうな顔をしたけど、本当は賛晴《さんせい》と手をつなぐことができてとても嬉《うれ》しかった。

「行こう！」

そう言って、あたしは広い道に向かって進んだ。

おばあちゃんの家までもう少しだ。

12――ねえねの味方

しばらく歩いて、広い道に出たので、湖とは反対の左に曲がった。スピードを出した車が、たくさん通る道だった。

「あ、正面、富士山《ふじさん》だ」

「ほんとだ、気がつかなかった」

富士山は、ほとんどが雲に隠《かく》れ、山すそが少しだけ見えるといった具合だった。

「さっきは、もっと見えていたのに、時間がたつとどんどん雲に隠れていくみたいね」

あたしが言うと、「気がつくと雲がなくなっていたりということもあるよ、きっと」と賛晴《さんせい》は前向きの意見を言った。

さらに進んでいくと、大きなほうとうの店があった。

「この店だよ。この店が大事な目印」

あたしは賛晴《さんせい》に言った。

「じゃあ、この道で間違《まちが》いないんだ」

「大丈夫《だいじょうぶ》。だんだん、記憶《きおく》がよみがえってきた」

あたしはこの店で一回ほうとうを食べたことがある。一人前ずつ鉄のお鍋《なべ》に入って出てくる。直前まで、火にかけられていて、ぐつぐつ煮《に》たっているのだ。でも、あたしは、おばあちゃんがつくってくれる、かぼちゃが半分煮くずれ、麺《めん》に味が十分しみているほうとうも好きだ。

歩きながら、あたしはなぜか急におなかが減《へ》ってきた。まだ、お昼には早いが、おばあちゃんのほうとうが食べたいと思った。賛晴にも、おばあちゃんのほうとうを食べさせてあげたかった。

大きなほうとうのお店を過《す》ぎると、さらに大きな通りに出た。そこを反対側にわたるために信号待ちをしているとき、あたしは、さっきから気になっていることを賛晴に話してみた。

「純子《じゅんこ》ねえね、このプレゼント喜んでくれるかな?」

「喜んでくれるんじゃないの。プレゼントもらって怒《おこ》る人はあまりいないよ」

賛晴《さんせい》が言った。

「そういう意味じゃなくて、あたしは絶対《ぜったい》にねえねの味方だよって伝えたいの」

自分でそう言ってみて、ああ、これがこの旅の目的だったんだと改めて思った。あたしって何なのか、というのは一番の目的ではなかったんだ。ねえねが喜んでくれたらそれでこの旅は成功だったということになる。そう思うと、あたしは気が楽になった。

「あのさ……」と賛晴が言った。

「……おばあちゃんの家についたら電話借りていいかな」

「だいじょうぶだよ」

「母さんに電話かけようと思うんだ。それで、前から母さんに言いたかったことを言う」

思いつめたような顔で賛晴は言った。賛晴が、電話で何を言おうとしているのか知りたかったけど、それを聞いていいものかどうか迷《まよ》い、結局は黙《だま》っていた。

信号が青に変わったので、横断歩道《おうだんほどう》を渡《わた》った。

反対側についたところで右に曲がる。もうしばらく歩くと赤い郵便《ゆうびん》ポストがある。そこを左に曲がったところにおばあちゃんの家はある。

今日、来ることはおばあちゃんにも知らせていないから、きっとびっくりするはずだ。それに、賛晴《さんせい》もいる。賛晴のことをいったいどう紹介《しょうかい》しようか。まさか、お兄ちゃんというわけにもいかない。

同じようなことを賛晴も考えていたらしい。

「おれが一緒《いっしょ》にいることをなんて言えばいいだろう」

「うーん」と、うなったら、いい答えを思いついた。

「そうだ。電話を借りに来たっていうことにしよう」

「それ、おかしいだろ。H市から、わざわざ電話を借りるために河口湖《かわぐちこ》まで来たっていうのは」

「だって、電話を借りるのは本当でしょ」

あたしは言った。

「そうだけどさ、でも、それが目的ってわけじゃあ……」

そんなふうに賛晴《さんせい》がぶつぶつ言っているうちに家についてしまった。

ブザーを押《お》して、しばらく待つとドアが開き、おばあちゃんが顔を出した。

「あれ、まあ、風花《ふうか》ちゃん。どうしたの、いったい」

おばあちゃんがびっくりするのは予想通りだった。あたしは、学校が休みのことと、賛《さん》晴《せい》のことを簡単《かんたん》におばあちゃんに説明した。

賛晴は、「風花さんの友だちの石橋《いしばし》賛晴です」と言ってお辞儀《じぎ》をした。

「同じクラスなの？　風花と」

おばあちゃんが聞いた。

賛晴が、「はい」と答えると、おばあちゃんは、もう、それ以上聞いてくることはなく、

「まあ、とにかく上がりなさい」と言って、あたしたちを居間《いま》に通してくれた。

「学校が休みだからって、なんで急に、こんな遠くまで来たの？　お父さんはこのこと知ってるの」

「父さんと母さんには内緒《ないしょ》で来たの。だから、おばあちゃんも、あたしがここに来たのは

内緒《ないしょ》にしていて」

あたしは言った。

「なんで、内緒で来たの?」

「だって、父さんなんか、あたしがねえねの赤ちゃんの名前を聞いたって、教えてくれないんだよ」

「まあねえ、いろいろあったから、そうなってしまったんだよ。お父さんも意地悪してるわけじゃあないんだから。でも、名前くらいは、教えてほしいさね。舞《まい》っていうの。踊《おど》りを舞《ま》うっていう字。こっちで寝《ね》てるから」

おばあちゃんは、となりの部屋とつながっているふすまを開けた。部屋の奥《おく》の方にベビーベッドがあり、舞ちゃんは、そこで寝ていた。

この子が、あたしのいとこになる舞ちゃんなんだ。あたしは、やっぱり、今日、ここに来てよかったと思った。

「ねえねは、どこにいるの?」

あたしは、おばあちゃんに聞いた。

「コンビニに行っている。昼間だけ、そこで、アルバイト始めたんだ」

「えっ、じゃあ、夜まで帰ってこないの」

「五時過《す》ぎに帰ってくる」

「コンビニは近いの?」

「歩いたらそうとうかかるよ」

おばあちゃんにそう言われて、体から力が抜《ぬ》けていくような感じがした。

考えてみれば、お父さんがいないのだから、お母さんになったねえねは働かなくてはならない。おばあちゃんの家に行けば、必ずねえねに会えるものだと思い込《こ》んでいたけど、それは考えが甘《あま》かった。

「舞《まい》ちゃんへのプレゼント、持ってきたんだけど」

あたしは、靴《くつ》の入った紙袋《かみぶくろ》を持ち上げてみせながら、精《せい》いっぱい明るい声で言った。

「ケータイに電話してみるか」

そう言って、おばあちゃんは、居間《いま》にもどって電話をかけてくれた。

あたしは、靴のプレゼントをねえねに直接手渡《ちょくせつてわた》しできるものとばかり思っていた。そして、どんなことがあっても、ねえねの味方だよ、と伝えるはずだった。あたしの頭の中ではそういうふうに計画が立てられていた。

ところが、実際《じっさい》は、顔が見えないところで受話器に向かって話すことになってしまった。現実《げんじつ》ってのはどうして思った通りに行かないのだろう。

そんなことを考えているうちに、電話がつながったようだった。

「純子《じゅんこ》か、母さんだ。今、風花《ふうか》ちゃんが来てるんだ。…………………そうかもしれないけど、せっかく、風花ちゃん、来たんだから。…………………うん」

おばあちゃんが、受話器をわたしてくれた。

「ねえね。あたし、舞《まい》ちゃんの靴《くつ》を買ってきたの」

「そう、ありがとう」

「ねえねは、あたしの恩人《おんじん》だから……、うん、絶対《ぜったい》、恩人なんだ」

「もしもし……、何の話してるの？」

「とにかくね、あたしはねえねの、」

「風花さ、いま、ねえねはね、仕事中なの。おしゃべりなんかしているひまはないの

「──」

「うん……」

「じゃあ、切るよ、ごめんね」

「あっ、ちょっと待って……」

電話はそこで切れてしまった。

たぶん、あたしの言いたかったことはほとんど伝わっていなかったと思う。

コンビニでお客さんの相手をしなくてはいけないから忙《いそが》しいのだ。ふつうは、電話なんてしているひまはないのだ。だから、仕方ないことなのだ。

そう思って、必死に自分をなぐさめていた。

受話器を置いてから、あたしは、紙袋《かみぶくろ》から、靴《くつ》をとりだし、おばあちゃんに見せた。

せめて、おばあちゃんにだけでも、あたしがここまでプレゼントを届《とど》けに来たわけを説明しようと思った。

「これ、あたしからのプレゼント。ねえねに渡《わた》して。あたしは弱虫だったんだけど、ねえねのおかげで……」

そのとき電話が鳴り、おばあちゃんは、受話器を取って、誰《だれ》かと話し始めた。なんだか長い電話になるような気がした。

となりの部屋では、電話の音に驚《おどろ》いて目が覚《さ》めてしまったのか、舞《まい》ちゃんが泣き始めた。

あたしと賛晴《さんせい》はとなりの部屋に行き、ベビーベッドをのぞき込《こ》んだ。

賛晴は、「あわわわ」とか、「だいじょうぶでちゅよ」とか、赤ちゃん言葉を使って話しかけていた。

あたしは、そんな賛晴を見ながら、さっきのねえねとの電話のことを思い返していた。

あたしは、純子《じゅんこ》ねえねと舞ちゃんの味方だよ、ということを伝えたかっただけなんだ。

ねえねは大感激《だいかんげき》してくれるものとばかり思っていた。あたしとねえねはお互《たが》いを抱《だ》きしめてわんわん大泣きするはずだったのに……。

ところが実際《じっさい》は、予想したのとはだいぶちがう展開《てんかい》になった。

あたしは、舞ちゃんと一緒《いっしょ》になって泣き出したい気持ちだ。

すると、舞ちゃんをあやしていた賛晴が言った。

「舞ちゃんのほっぺたすんごい、やわらかい。さわってみな」

あたしも賛晴《さんせい》と同じように指先で舞《まい》ちゃんの頬《ほお》をさわってみた。

「やわらかい」

舞ちゃんの頬は、泣きたい気持ちをなぐさめてくれる魔法《まほう》のようなやわらかさだった。

それから、しばらく、あたしは、「元気出せよー」とか「落ち込《こ》むなー」とか、いろいろな言葉を言いながら、掛布団《かけぶとん》の上から、おなかのあたりをなでたり、体のわきを布団越《ふとんご》しに軽くたたいたりして舞ちゃんをあやした。本当は舞ちゃんというより自分に言っているのが情《なさ》けないと思った。

ようやく、舞ちゃんが泣きやんで居間《いま》に戻《もど》ると、おばあちゃんは居間からいなくなっていた。

テーブルの上にあたしの買った小さな赤い靴《くつ》が残っていた。

それは、ほんとうに、ポツンと、さびしそうにテーブルの上に残されていた。

あたしは、それを紙袋《かみぶくろ》の中に戻《もど》した。

「なんだか、うまくいかないね」

賛晴が言った。

あたしは、照れくさいような笑い方をしながらうなずいた。本当は、涙《なみだ》が出そうな感じだったけど、必死にこらえた。赤ちゃんの名前が「舞《まい》ちゃん」だって分かったし、その舞ちゃんをあやすことができたんだから、それだけでいいんだ、と自分を納得《なっとく》させた。

「そうだ、賛晴《さんせい》も、電話しなよ」

あたしは、賛晴にそう言って、どこかにいるおばあちゃんに向かって、「電話借りるよ」と、叫《さけ》んだ。

「いいよ」

おばあちゃんの声が遠くの方から聞こえた。

賛晴は、番号を押《お》し、しばらくするとお母さんが出たようだった。

「母さん、おれ。…………今、河口湖《かわぐちこ》。…………それは、また、帰ったら、説明する。それよりも、おれ、母さんに言いたいことがあるんだけど、…………おれ、分かってるって、それは、分かってる、…………おれ、言いたいことがあるんだけど、…………分かったよ。うん、分かったよ。もうすぐ帰る。…………分かった。うん。…………」

賛晴《さんせい》は、受話器を置いた。

賛晴が、お母さんに何を言いたかったのかは、詳《くわ》しくは知らない。でも、言いたかったことは、ほとんど何も言えなかったのだろう。だって、賛晴は、「言いたいことがある」と「分かった」しか言っていないのだから。

「なんだか、うまくいかないね」

こんどはあたしが言った。すると賛晴は、意外なほど明るい顔で、「うまくいかないよ、まったく。でも、おれ、母さんのこと好きだから」と言った。

どういう意味なのかよく分からないけど、賛晴は強いんだなと思った。

それから少しして、あたしたちは帰ることにした。

おばあちゃんは、もう少し休んでお昼でも食べていきなさいと言ってくれたが、「プレゼント、届《とど》けに来ただけだから」と玄関《げんかん》に向かった。

賛晴は、「電話、使わせてもらってありがとうございました」とおじぎをした。

13——歌のつづき

来た道を、あたしたちは黙《だま》って歩いた。そして、歩きながら、あたしは、いったいこの旅は何だったんだろうと考えていた。途中《とちゅう》で、賛晴《さんせい》に、「風花《ふうか》の旅」なんて言われて、なんだかドラマの主人公のような気持ちになったけれど、ラストが盛《も》り上がらないドラマなんて、見ていてつまらない。きっと視聴率《しちょうりつ》の数字は上がらない。結局あたしは「旅人」ではなくて「ビビトタ」か「トタビビ」だったらしい。

「盛り上がらなかったね」と、賛晴に言ってみた。

「なにが」

「この旅」

「そんなことないよ。プレゼント渡《わた》せたし、赤ちゃんの名前だって分かったじゃないか」

やっぱり賛晴《さんせい》は前向きだった。

「そうかなあ」とあたしは言ってみた。

「そうだよ、それに……」

賛晴は、そこで言葉を切った。

しばらく待ったけど、続きの言葉は出てこなかった。「それに」の後には何を言おうとしたのだろう？　と、あたしは考えた。

もしかして、『それに、大きな銀杏《いちょう》の木の前で手をつなぐことができたし……』なんて言われたらどうしよう……と、あたしは勝手な想像《そうぞう》をふくらませていた。

すると、自然に顔がにやけてきてしまう。

まずい、まずいと思いながら、にやけているところを見られないようにうつ向きかげんで歩いた。

しばらくして、ようやく元の顔に戻《もど》ったけど、肝心《かんじん》の賛晴は、「それに……」の続きを言わなかった。ということはあたしと同じことを思っていて、恥《は》ずかしくて言えないのだろうか？　きっと、そうなんだ。そう確信《かくしん》すると、また顔がにやけてくるのだった。

二人とも、しばらく黙《だま》り込《こ》んで歩いた。大きなほうとうの店を越《こ》えたところで、こちらに向かってくる二人連れが見えてきた。その片方《かたほう》が手を振《ふ》りながら、「おーい、訳《わけ》あり兄妹《きょうだい》」と叫《さけ》んでいる。

いっちゃんだった。

隣《となり》にはいっちゃんと同じようなりっぱなカメラを首から下げたおばさんがいて、驚《おどろ》いたような顔をしていた。

あたしたちが走り寄《よ》っていき、会釈《えしゃく》すると、となりのお友だちが、言った。

「この人、グミをほとんど一人で食べたんですって、ごめんなさいね」

「そんなことないです。大切なアドバイスをもらったし」とあたしが答えると、「そんなアドバイスしたっけ？」といっちゃんはとぼけ、すかさず賛晴《さんせい》が言った。

「グミ表面に白いかたまりが見られることがありますが、これも原材料の一部です。ざっくり言えば、みんなひっくるめてＯＫ」

いっちゃんはそれを聞くと、「さすが、どんと濃《こ》い！　レモン味のグミだ」と大笑いした。

そんな様子をお友だちは、ぽかんとした顔をして見ていた。

いっちゃんたちはほうとうの店で少し早いお昼にするというので、店に入るのを手を振《ふ》り見送った。二人が進んでいくその向こうには、富士山《ふじさん》がそびえたっているはずだが、そのほとんどが雲に隠《かく》れていた。

「ああ、盛《も》り上がらないなあ。旅の最後は、雲のかかっていない最高の富士山を見たかったんだけどな」とあたしがぼやくと、賛晴《さんせい》は、こう言った。

「旅は終わりになってないよ。生きることが旅なんだから」

「どうしたの。急にかっこいいこと言っちゃって。熱でもあるんじゃない」

あたしがからかうと、賛晴は、照れながら、歌の文句《もんく》だけどさ、と断《ことわ》って、「♪生きることは　旅すること　終わりのない　この道♪」と歌いだした。

朝、歌っていたあの歌にちがいない。

「あれ、その歌の名前なんだったっけ」

「川の流れのように」

「ああ、そうだった。教えてよ、その歌」

「いいよ。少しずつ歌うから繰《く》り返して」

あたしたちは、駅に向かって歩きながら、歌を歌った。

賛晴《さんせい》が、ワンフレーズ歌い、それをあたしが繰り返して歌った。

「愛する人」とか「この身をまかせていたい」とか、なんだかちょっと照れ臭《くさ》いことばがあって、あたしには苦手な歌だけど、賛晴にとっては、お父さんとの大切な思い出なんだろう。

途中《とちゅう》から、あたしはハミングでメロディーを繰り返すと、賛晴もシィーシィーと歯のすき間から音を出してメロディーを奏《かな》ではじめた。

何度か繰り返した後、賛晴のシィーシィーが止まった。

疲《つか》れたのかなと思い、あたしだけ覚えたメロディーを小さく口ずさんでいた。

すると、突然《とつぜん》、「それに……」と賛晴が言った。

「なんの話？」とあたしはとぼけたけど、「それに」が、さっきの話の続きなのはすぐに分かった。ということは、とうとう勇気を出して言うことにしたんだ！

『それに、大きな銀杏《いちょう》の木の前で手をつなぐことができたからよかったよ』的な感想！うれしすぎて、顔がまたにやけそう。

「風花《ふうか》が、この旅は意味がなかったって、さっき言ってたけど、舞《まい》ちゃんに会えたし、それに、母さんに電話することができたから本当に良かったよ」

あれっ？　と思った。

そのことなんだ。

「駅とか学校とかに母さんが電話かけて大騒《おおさわ》ぎさせちゃったから、あとで謝《あやま》らなくちゃあいけないけど、でも、風花と一緒《いっしょ》にここに来たのは間違《まちが》っていなかったはず。母さんに電話するためにおれは河口湖《かわぐちこ》に来なければいけなかったんだと思う」

「うん」とだけ言った。

まったく、あたしは何を考えているのだろう。

そうなんだ。この旅は、「賛晴《さんせい》の旅」でもあったんだ。

ポケットに手を入れ、アラゴナイトを握《にぎ》りしめた。すると、すっと心が落ち着き、電話をかけている賛晴の様子を思い出した。何も伝えられなかったようにあたしには思えたけど、でも、賛晴《さんせい》にとっては、とっても大きな意味があったのだろう。それを決めるのは、あたしじゃなくて賛晴自身なんだ。あたりまえだけど。

歩きながら賛晴は、また、あの歌をシィーシィーで、歌い始めた。

そんな賛晴に、「よかったね」と言おうとしたら、涙《なみだ》を流していた。

「大丈夫《だいじょうぶ》?」

あたしが、聞くと、賛晴は、歩きながら、耳に手をやり、餃子《ぎょうざ》の皮のように折り曲げるOKサインをよこした。

いったい、いま、なにがOKなのか、あたしには何もわからないけれど、思わず涙が出てしまうようなことが賛晴にはあるということと、それでもOKということだけは分かった。だったら、あたしもOKに違《ちが》いない。

純子《じゅんこ》ねえねにあたしの気持ちはうまく伝わらなかったけど、それでも、あたしはねえねと舞《まい》ちゃんの味方だよ。それから、賛晴と大きな銀杏《いちょう》の木の前で手をつなぐことができたこと。それって、つまり、賛晴のことが好きになったっていうことだよ。

あたしも賛晴に合わせてハミングで歌った。そして、ポケットの中のアラゴナイトをもう一度強く握《にぎ》りしめ、反対の左手を耳にやり、餃子《ぎょうざ》の皮のように折り曲げる。
すべてOK。そう、みんなひっくるめてあたしもOKだ！

荒木《あらき》せいお

1958年生まれ。新潟県出身。サークル・拓所属。日本児童文学者協会会員。

タムラフキコ

長野県生まれ。2006年よりイラストレーターとして書籍、雑誌、広告などで活動。子どもの本の仕事に、『ある晴れた夏の朝』（偕成社）、『夜間中学へようこそ』（岩崎書店）等がある。

JASRAC 出 180724005－01

冒険《ぼうけん》は月曜《げつよう》の朝《あさ》

2018年 9 月25日　初　版　　NDC913 174P 20cm

作　者　荒木せいお
画　家　タムラフキコ
発行者　田所　稔
発行所　株式会社新日本出版社
〒151-0051　東京都渋谷区千駄ヶ谷4-25-6
営業03(3423)8402
編集03(3423)9323
info@shinnihon-net.co.jp
www.shinnihon-net.co.jp
振替　00130-0-13681
印　刷　光陽メディア　　製　本　小泉製本

落丁・乱丁がありましたらおとりかえいたします。

ISBN978-4-406-06276-3　C8093　Printed in Japan